십이천문
十二天門

십이천문 9

허담 新무협 판타지 소설

초판 1쇄 찍은 날 § 2019년 6월 17일
초판 1쇄 펴낸 날 § 2019년 6월 24일

지은이 § 허담
펴낸이 § 서경석

총괄팀장 § 노종아
편집책임 § 김경민

펴낸곳 § 도서출판 청어람
등록번호 § 제387-1999-000006호
등록일자 § 1999. 5. 31
어람번호 § 제2-2796호

주소 § 경기도 부천시 부일로 483번길 40 서경B/D 3F (우) 14640
전화 § 032-656-4452 팩스 § 032-656-4453
http://www.chungeoram.com
E-mail § chungeorambook@daum.net

ISBN 979-11-04-92015-8 04810
ISBN 979-11-04-91872-8 (세트)

도서출판 청어람

9

금림 · 새로운 도전

허담 新무협 판타지 소설

FANTASTIC ORIENTAL HEROES

십이천문

十二天門

目次

제1장

어둠 속을 걷다

눈을 반쯤 가린 검은 두건, 낡은 마의, 마의 밖으로 나온 앙상하게 마른 손가락… 두건에 가려진 눈에서 흘러나오는 푸른 안광. 마의로 가려졌다지만 숨길 수 없는 뼈만 남은 것 같은 몸.

노인은 마치 해골에 옷을 걸쳐놓은 것 같았다.

만약 두건 아래로 흘러나오는 푸른 안광과 입가에 머물러 있는 누군가를 조롱하는 듯한 미소가 아니라면, 그를 살아 있는 사람이라고 생각할 사람은 없을 듯했다.

"혼마 님!"

입을 연 자는 전신극의 주인 대량을 피해 도주한 구중천의 새로운 천주 묵마 후금이다.

그의 머리가 땅에 닿을 듯 깊이 숙여졌다.

믿을 수 없는 광경이었다. 비록 칠마의 난으로 몰락했다고 해도 여전히 구중천이라는 이름은 마도의 중심이다.

더군다나 후금은 천마 파융의 제자로서 정통성을 가진 구중천의 새로운 천주였다. 그런 그가 누군가에게 이토록 굴욕적인 모습을 보인다는 것은 이해할 수 없는 일이었다.

그런데 그만이 아니었다.

천마루에 나타났다 겨우 목숨을 부지하고 도주한 십육마문의 후인이란 자들이 후금보다 더한 모습으로 노인에게 굴복하는 모습을 보이고 있었다.

노인은 그런 마도의 고수들의 행동을 당연한 것처럼 받아들이고 있었다.

그런데 생각해 보면 이런 마도 고수들이 행동은 어쩌면 놀랄 일이 아닐 수도 있었다.

후금의 입에서 흘러나온 말, 혼마(魂魔)라는 별호는 충분히 마도의 고수들로부터 이런 공경을 받을 만한 별호이기 때문이었다.

이 별호를 쓰는 노인이 이십여 년 전 무림에 쓰인 피의 역사, 칠마의 난 당시의 바로 그 혼마라면.

혼마(魂魔) 창, 이 이름은 칠마의 난을 일으켰던 일곱 명의 대마두들 중에서도 또 다른 특별한 의미를 지닌다.

가장 먼저 사람들의 관심을 끄는 것은 그가 칠마의 난 당시 죽음이 확인되지 않은 두 사람 중 한 명이란 사실일 것이다.

그중 한 명은 빙궁의 궁주이자 음공의 대가인 설화 희원, 그러나 그녀의 경우 위치를 알 수 없는 빙궁의 은신처에 가사 상태로 생존해 있다고 알려졌으니 결국 살아 움직이는 생존자는 혼마 창이 유일했다.

그래서 무림에선 누군가 십육마문을 부활시킨다면 그건 반드시 혼마 창일 거란 말이 돌곤 했었다.

당연히 무림맹 척살 대상 중 가장 위에 기록된 이름, 그러나 칠마의 난 전이나 칠마의 난 이후에도 그는 여전히 무림에서 쉽게 모습을 볼 수 없는 신비로운 존재였다.

그 은밀한 신비감으로 무림은 그를 또 다른 무림의 신비인이자 오선의 일인인 운중학 곤과 함께 무림쌍비(武林雙秘)라 부르기도 했다.

더군다나 그는 칠마의 난 당시 마도의 두뇌 노릇을 한 천재적인 책사였기에, 마도나 혹은 무림 전체에서도 그 중요성은 설명이 필요 없는 인물이었다.

그래서 십육마문의 후예를 자처하는 마도의 고수들이라 해도 그의 앞에서 머리를 조아리는 것은 어쩌면 자연스러운 일일 수도 있었다.

"불파일맥?"

혼마라 불린 노인의 나직하게 물었다. 기본적으로 낮은 음색에, 높고 낮음이 없는 목소리라 듣는 사람으로 하여금 시체와 이야기를 나누는 듯한 느낌을 만들어내는 혼마 창의 목소리다.

"그렇습니다."

후금이 조심스럽게 대답했다.

"불사 나왕… 특별한 인물이지."

혼마 창이 말했다.

"그가 설마 전신극의 주인을 물리칠 줄은 몰랐습니다."

"예전에 우리 칠마 중 한 명이었던 천살객 범차가 불사 나왕이 이끄는 신응조에게 죽임을 당했었지. 그게 벌써 이십오 년이 되었군. 그 세월 동안 그는 더 강해졌겠지. 아마… 이젠 혼자서도 당시의 칠마 중 한 명 정도는 충분히 상대해 낼 실력일 것일세."

"그런데 더 놀라운 것은 그자의 제자였습니다. 이제 겨우 약관을 넘은 것 같았는데, 전신극을 든 대량이란 자를 상대로 백합을 넘게 겨뤘습니다. 결국 그 제자란 청년이 만든 기회로 인해 불사가 그 괴물 같은 전신극의 주인에게 치명적인 공격을 가할 수 있었습니다."

"약관의 나이라……."

혼마 창이 관심이 가는 듯 중얼거렸다.

이후 혼마 창도 후금도 잠시 침묵을 지켰다. 그러다가 혼마 창이 물었다.

"십이천문이라고 했나?"

"그렇습니다."

"자왕 사송이 있는 것 같고?"

"그렇습니다."

후금이 계속 대답했다.

"중원에 사람을 보내 그들에 대해 좀 더 알아보도록 하게."

"예. 혼마 님!"

"그리고 당분간 잠행을 하는 것으로 하겠네."

그러자 후금의 얼굴에 조급함이 떠올랐다.

“잠행이라면… 그들을 그냥 보내주는 것입니까?”

“누구? 소림의 혜찬과 무당의 유정?”

“그렇습니다.”

후금이 살기를 드러내며 대답했다.

그러나 혼마 창은 고개를 저었다.

“가게 두시게.”

“…….”

“천산으로부터 삼 일 거리에 귀산 왕전이 있네.”

“예?”

후금이 놀란 표정으로 되물었다.

그러자 혼마 창이 대답했다.

“설마 무림맹이 전혀 움직이지 않았을 거라 생각했나? 전신극이야, 전신극! 전신극은 무림 판도에 큰 영향을 줄 수 있는 물건이지. 비록 형식적으로는 무림 각 파의 경쟁에 맡겨두었지만 무림맹이 움직이지 않을 수 없는 물건이지.”

“그렇군요. 그럼 왜 천마루에 나타나지 않을 걸까요?”

“시간이 맞지 않았거나. 혹은…….”

“다른 이유가 있을까요?”

후금이 궁금한 듯 다시 물었다.

그러자 혼마 창이 고개를 저었다.

“아니네. 어쨌든 당분간 잠행을 하게. 그리고 조만간 무림에 적지 않은 혼란이 일어날 걸세. 혼란이 일어나면 마맹의 형제들을 은밀히 중원으로 이동시키게.”

혼마 창의 말에 후금은 어떤 혼란이 일어날지 묻고 싶은 표정이었다. 그러나 혼마 창이 대답을 할 것 같지 않자 이내 고개를 숙이며 대답했다.

"알겠습니다. 맹주님의 명대로 하겠습니다."

"좋아. 그럼 보름 뒤에 난주에서 보세."

"예, 혼마 님!"

후금이 정중하게 대답했다.

대답을 들은 직후 혼마 창이 그 자리에서 사라졌다.

"후우……!"

혼마 창이 사라지자 후금과 천마루에서 살아 돌아온 마도의 고수들이 큰 숨을 내쉬었다.

그만큼 혼마 창의 기세가 강렬해 그의 앞에서 숨조차 제대로 쉬지 못했던 것이다.

"대체 혼마 님께서는 어떻게 무림을 흔들 생각이신 건지 모르겠소이다."

마도의 고수 중 음산한 기운을 풍기는 노인이 입을 열었다.

노인의 이름은 위요금, 별호는 신수다.

과거 칠마 중 한 명이었고, 귀곡의 곡주였던 사혼객 진옹을 따르던 아홉 명의 장로가 있었다.

괴이한 술법과 환술에 능하고, 무공 역시 사악하기 이를 데 없어서 사람이 아니라 귀신이라 불렸던 자들이었다.

그 아홉 장로들이 칠마의 난을 치르면서 하나둘 죽더니 결국 사혼객 진옹과 더불어 모두 세상을 떠나고, 그중 가장 나이가 어렸던 두 사람만이 살아남았다.

그 두 사람이 신수 위요금과 귀수 선불이다.

지금 후금에게 말을 건넨 자가 신수 위요금, 그의 한 발 뒤쪽에서 심각한 표정을 짓고 서 있는 자가 귀수 선불이다.

"혼마 님의 계책을 우리가 어찌 짐작이나 하겠소이까. 다만 명을 따를 뿐이오."

신수 위요금의 말에 후금이 나직하게 대답했다.

나이로 보자면 신수 위요금이 후금에 비해 십여 세 많았으나 구중천의 천주라는 후금의 지위가 위요금과 평대를 해도 전혀 어색하지 않게 만들었다.

"우리가 비록 마맹이라는 이름으로 한데 모였다고는 하나 세력으로는 구패가 중심인 무림맹과 견주기는 어려운 상황인데……."

위요금이 여전히 걱정스러운 표정으로 말했다.

그러자 그의 곁에 있던 귀수 선불이 입을 열었다.

"혼마께선 언제나 우리가 예측하지 못한 방법으로 활로를 만들어주시니 기다려 보십시다."

"음… 그렇긴 하구려."

신수 위요금이 고개를 끄떡였다.

그러자 후금이 혼마 창 앞에서 굳었던 몸을 푸는 듯 어깨를 한 번 휘두르고는 말했다.

"일단 움직입시다. 난주에서 봅시다."

"그럽시다. 함께 움직이는 것은 어려우니 그럼 난주에서……."

신수 위요금이 후금의 말에 대답했다.

그러자 장내의 마도 고수들이 서로 간단한 인사를 주고받고는 순식간이 천산 자락에서 사라졌다.

*　　　*　　　*

부상을 입은 자들을 데리고 이동하는 것은 언제나 어려운 일이다.

그나마 천산을 벗어난 이후에는 황량하지만 초원길이 이어져 이동하기는 편했다. 하지만 길은 편해도 무림고수들의 심사는 쓸쓸하기 이를 데 없었다.

만약 강호의 노련한 고수들인 소림승 혜찬과 무당의 고수 청허자 유정이 무리를 이끌지 않았다면, 부상자 중엔 몸보다 마음이 지쳐 죽는 사람도 나왔을 것이다.

그러나 혜찬과 유정 두 노고수들이 노련하게 일정을 조절해 부상자들도 이 지루하고 맥없는 여행길을 버텨내고 있었다.

그러나 그것도 한계가 있었다.

준비한 양식들이 하나둘 떨어져 가고, 남은 건량들은 병자들의 몸을 회복시킬 만한 영양을 지닌 양식들이 아니었다.

지친 마음에 음식까지 부족하니 몇몇 부상자들은 급격하게 몸 상태가 악화되기 시작했다.

그리고 드디어, 오늘 부상자 중에서 죽는 사람이 나왔다.

산동악가의 고수 악패를 따라왔던 문도 태원이란 자가 여행 중 처음으로 목숨을 잃은 것이다.

초원 한가운데 작은 봉분이 만들어졌고, 그 앞에서 그나마 조촐하게 장례가 치러졌다.

지친 무리들이 그렇게 태원이란 자의 장례를 치르는 동안 혜찬과 유정은 무리와 조금 떨어진 곳에서 우울한 대화를 나누고 있었다.

"난주까지는 아직 여러 날인데 걱정이외다."

청허자 유정이 어두운 얼굴로 말했다.

"그러게 말이외다. 심신이 고단한 것은 어쩔 수 없으나, 부상자들을 회복시킬 양식과 약재가 턱없이 부족하니… 이러다가는 난주에 도착할 때까지 부상자 중 절반도 살아남지 못할 것이오. 그나마 부상자들을 태우고 이동할 말(馬)이 있어서 다행이기는 해도… 걷는 사람도 있으니 속도를 낼 수도 없고."

소림승 혜찬도 당황스러운 표정으로 말했다.

"이러다가 마도의 무리들이 추격이라도 하면……."

청허자 유정이 천산 방향을 바라보며 말했다.

"지금까지 추격자들이 없는 것으로 보면 우릴 추격할 마음은 없는 것 같소이다만……."

"모르지요. 마도의 무리들이 보통 영악합니까? 우리가 지치고 지쳤을 때까지 기다리다 공격하려는지도……."

"그럴 수도 있겠구려. 후우… 어떻게 난주까지만 가도 숨이 좀 트일 터인데. 모두 우리만 바라보고 있으니……."

혜찬이 봉분 앞에서 우울한 장례를 치르고 있는 무림고수들을 보며 한숨을 쉬었다.

"이렇게 되고 보니 그의 존재가 아쉽소이다."

유정이 말했다.

그러자 혜찬이 묵묵히 고개를 끄떡였다.

"나도 그의 생각을 하고 있었소. 불사 나왕… 생각해 보니 참 큰 인물인 것 같소. 눈앞에 있을 때는 그 볼품없는 외모로 그리 대단찮게 느껴지지만, 지나고 보니 그는 정말 대단한 사람인 것 같소."

"그렇지요. 그러니 그 나이에 천하십대고수의 반열에 오른 것 아니겠소? 그나저나 그는 전신극의 주인을 제압했을까요?"

"글쎄올시다. 그의 능력이 대단하긴 해도 그가 전신극을 손에 넣지는 못했을 것 같소. 대량이라는 자 하나면 가능할 수도 있지만 그의 뒤에 다른 조력자가 있는 것이 분명한데……."

혜찬은 십이천문 고수들의 추격이 실패했을 거라 생각하는 모양이었다.

"나 역시 그리 생각되기는 하오. 그런데 이상하게 불사라면… 혹시 하는 생각이 들기도 하고……."

"하긴… 불사는 불사니까."

혜찬이 고개를 돌려 자신들이 떠나온 천산을 바라봤다.

이제는 겨우 초원 끝에 작은 점으로 보일 만큼 멀어진 천산이다. 그곳에서 그 엄청난 혈겁이 있었나 싶은 생각도 들었다.

그런데 그때, 일행을 벗어나 주변의 경계를 서고 있던 무당의 제자 한 명이 급히 달려오며 소리쳤다.

"누가 옵니다."

두두두!

수십 필의 말이 초원을 달렸다. 오랜 가뭄으로 말굽에 밟힌

풀밭에서 먼지구름이 일어났다.

"누굴까요?"

잔뜩 겁을 집어먹은 송검산이 혜찬과 유정의 곁으로 바싹 붙으며 물었다.

송가장으로 돌아가기 전까지는 죽으나 사나 혜찬과 유정의 보호를 받아야 하는 송검산이다.

"알 수 있나. 오면 알게 되겠지."

유정이 퉁명스레 대답했다.

비록 구패의 일원인 송가장의 소장주라 보호하고는 있지만 천산에서 송검산이 보였던 행동들로 인해 유정은 송검산을 그리 달가워하지 않았다.

하지만 그런 유정의 마음을 아는지 모르는지 송검산의 질문은 계속됐다.

"설마 마도의 무리는 아니겠지요?"

송검산이 한 질문이었지만 지금 장내의 고수들 모두가 걱정하는 것이 십육마문의 후인을 자처하는 마도 무리들이 출현하는 것이었다.

만약 그들이 세력을 몰아온다면 이곳에 있는 사람들로서는 도저히 감당할 수 없었다.

"마도의 무리라면 어쩔 수 있는가? 싸울 밖에! 검진을 형성하게. 적이라면 싸울 준비를 해야지. 부상자들은 검진 안으로 들어오고!"

유정이 송검산의 질문에 차갑게 대답하고는 무림의 고수들에게 명을 내렸다.

그러자 그의 명에 따라 사람들이 둥글게 원형의 진형을 갖추기 시작했다.

소림승 혜찬과 청허자 유정은 원형의 진 앞쪽으로 나와 그들을 향해 질주해 오는 말을 탄 무리들을 기다렸다.

그런데 어느 순간 유정의 얼굴에서 긴장감이 사라지기 시작하더니 이내 반가운 목소리가 흘러나왔다.

"저건… 맹의 깃발이 아닙니까?"

하늘처럼 푸른 바탕에 굳강함이 느껴지는 검은색 실로 새긴 무(武) 자, 화려하지는 않지만 거부할 수 없는 무게감이 느껴지는 깃발이다.

강호무림의 누구라도 알고 있는 깃발인, 무림맹의 깃발이 분명했다.

"그렇구려. 무림맹의 깃발이구려."

대답하는 혜찬의 목소리에도 안도의 기운이 느껴진다.

마도의 후예들이 아니라 무림맹의 사람들이라면 이제 고생은 끝난 것이나 다름없었다.

이후 무림맹의 깃발을 앞세운 기마의 무사들이 가까워질수록 사람들의 표정은 더욱더 밝아졌다.

"신응조인 듯합니다."

무당의 도사 한 명이 유정의 곁으로 다가서며 활기찬 목소리로 말했다.

"그렇구나. 신응조가 분명하다. 무림맹에서 매의 문양을 사용하는 사람들은 오직 신응조뿐이니까."

본래 신응조는 은밀하게 움직이는 조직이라 깃발 같은 것을 내세우지 않는다.

그래도 가끔 그들이 깃발을 들고 무림에 나설 때가 있는데, 그때는 반드시 푸른 매가 새겨진 깃발을 사용하곤 했다.

그런데 지금 무림고수들을 향해 달려오는 무리의 깃발 중에서 무림맹의 깃발 말고도 매가 새겨진 신응조의 깃발도 보였던 것이다.

"역시 귀산… 혹시 모를 사태에 대비하고 있었던 모양이구려."

혜찬이 감탄 어린 표정으로 말했다.

"그가 직접 온 것 같지요?"

유정이 눈을 가늘게 떠 다가오는 기마 무리를 보며 물었다.

"그런 것 같소이다. 무리의 앞쪽에 보이는 사람은 분명 귀산 왕전이 분명하오."

"음… 그가 왔다면 다행이긴 한데……."

유정이 말꼬리를 흐렸다. 뭔가 불만이 있는 표정이었다.

"너무 늦었다고 생각하시는 모양이구려."

"다른 사람이라면 모를까, 귀산 왕전이라면 좀 더 빨랐어야 하지 않을까 생각합니다만……."

"그런 면이 있지요. 다른 사람도 아닌 귀산 왕전이라면……."

귀산 왕전은 무림맹의 삼대 총관 중 한 명이고, 현 무림에서 최고의 존경을 받는 오선 중 일인이다.

그래서 비록 불만이 있어도 청허자 유정조차 함부로 그 불만을 드러낼 수 있는 상대가 아니었다.

특히 청허자 유정의 사부 현무자 도원명이 무림오선의 일인.

비록 나이 차이가 많이 나기는 하지만 귀산 왕전 역시 오선의 일인임으로 감히 유정이 함부로 대할 인물이 아니었던 것이다.

그래서 그가 눈앞에 섰을 땐 귀산 왕전이 늦은 것에 대한 불만은 유정의 얼굴에서 찾아볼 수 없었다.

"어서 오십시오. 총관! 이렇게 먼 곳까지 마중을 나와주시니 감사합니다. 후우… 빈도는 이제야 마음을 놓을 수 있겠습니다. 하하하!"

불만이 아닌 정중함과 만면에 가득한 반가운 웃음으로 청허자 유정이 귀산 왕전을 맞았다.

소림승 혜찬은 한순간에 변하는 유정의 모습에 씁쓸한 미소를 지으면서도 그 역시 왕전에게 합장을 해 보였다.

"귀산께서 직접 오신 줄은 몰랐습니다. 소림의 혜찬이 인사드립니다."

나이로 보자면 귀산 왕전이나 소림승 혜찬이나 비슷하다. 그러나 역시 무림오선 귀산 왕전은 그에게도 어려운 존재가 분명했다.

두 사람의 인사를 받은 왕전이 훌쩍 말에서 뛰어내렸다.

그러고는 두 사람에게 가볍게 포권을 해 보였다.

"두 분 고생하셨소이다. 이제부터는 신응조가 함께할 테니 마음 편히 가지셔도 되오이다!"

"하하하, 물론 그래야지요. 이제야 잠이라도 편히 자겠소이다."

유정이 호탕하게 웃음을 터뜨렸다.

그러자 귀산 왕전이 다시 입을 열었다.

"외람되지만 앞으로도 잠자리가 그렇게 편하지는 못할 듯하외다."

"그게 무슨 말씀이신지……?"

자신의 말을 귀산 왕전이 반박하자 유정이 살짝 불쾌해진 표정으로 되물었다.

"마도의 무리들이 천산 주변에서 준동하고 있소이다. 그들 중 일부는 천산을 떠나 중원으로 향하고 있다는 소식도 들어왔소이다. 그러니… 중원에 도착할 때까지는 조심해야 할 것이오. 내가 늦은 것 역시 그들의 움직임을 확인해야 했기 때문이외다."

귀산 왕전의 말에 유정과 혜찬의 표정이 굳어졌다.

십육마문의 재출현이야 이미 알고 있던 것이지만, 그들이 이렇게 빨리 중원을 향해 움직일 것이라고는 생각지 못했던 것이다.

아무리 수십 년간 어둠 속에서 힘을 길렀다 해도 십육마문의 후예들이 무림맹의 눈을 피하는 것은 한계가 있었다.

그러므로 일단 천산에서 자신들의 존재를 드러낸 이후라면 다시 서역 어딘가로 물러나 세상이 자신들의 존재에 무심해질 때까지 기다리는 것이 상책이었다.

그런데 서역으로 물러나지 않고 중원을 향해 움직인다고 하니 마도의 행보가 확실히 범상치 않았다.

"오만일까요? 아니면……."

유정이 혜찬을 보며 물었다.

"글쎄올시다. 알 수 없구려. 확실히 예상과는 다른 움직이구려. 총관께선 어찌 보시는지……?"

혜찬이 유정의 질문에 대한 답을 귀산 왕전에게 돌렸다.

그러자 귀산 왕전이 잠시 생각에 잠겼다가 입을 열었다.

"마도의 무리들은 워낙 음흉해서 그 속내를 잘 알 수 없소이다. 하지만 한 가지 분명한 사실은 있소. 그들이 자신들의 힘을 과신하지는 않을 거란 것이오. 그들의 수뇌들은 이십 년 전 처절한 패배를 경험한 자들이오. 그런 자들이 자신들의 실력을 과신하는 잘못을 저지를 리 없소. 조심하면 조심했지……."

청허자 유정과 소림승 혜찬 역시 내심 귀산 왕전과 같은 생각을 하고 있었으므로, 그의 의견에 반대하지는 않았다.

대신 그들의 표정은 좀 더 심각하게 굳어졌다.

"그렇다면… 결국 믿는 구석이 있다는 말인데."

유정이 중얼거렸다.

"일단 귀환 길을 서둡시다. 중원으로 돌아가서 무림맹의 회합을 소집해야 할 것 같소."

혜찬은 이 일이 결국 무림맹이 나서야 해결될 일이라는 것을 누구보다 잘 알고 있었다.

"일단 난주까지 동행하십시다."

귀산 왕전이 말했다.

그러자 유정이 의아한 표정으로 물었다.

"총관께서는 난주에 남으시렵니까? 무림맹으로 돌아가지 않으시고?"

"아무래도 그들의 움직임을 좀 더 살필 필요가 있을 것 같소."

"그렇긴 하지만 그래도 총관께서 무림맹 회합을 주관하셔야……."

무림맹에는 세 명의 총관이 있다.

신응조를 움직이는 귀산 왕전, 무림맹 법당을 이끌며 무림의 분쟁을 조정하고, 특별한 경우 무림의 판관 역할까지 하는 생사판 이명적, 각 문파에서 파견한 절정고수들로 이뤄진 강력한 무력 집단인 삼백인의 영웅대를 이끄는 권왕 부차, 이렇게 삼인이 평상시 무림맹을 이끌어가는 삼두마차였다.

하지만 같은 총관이라도 그 무게는 다르다.

평소에 무림맹의 대소사는 생사판 이명적과 권왕 부차에 의해 관리되지만 그건 그들이 귀산 왕전보다 뛰어나기 때문이 아니었다.

오히려 그들 두 사람의 명성이나 실력이 귀산 왕전에 미치지 못하기에 맡겨진 평범한 일이라고 할 수 있었다.

귀산 왕전은 무림맹의 총관이면서도 무림오선의 일인. 그가 나설 일이란 무림에 큰 혈란을 불러올 만한 경우로 한정되어 있었다.

그러므로 십육마문의 후예들이 등장한 지금은 당연히 귀산 왕전이 무림맹의 소집을 주관하는 것이 맞다.

"맹의 회합이야 다른 두 총관도 충분히 할 수 있는 일이오. 난 회합이 있기 전에 마도 무리들에 대해 좀 더 조사해 봐야 할 것 같소이다. 그래야 회합에서 제대로 된 대책이 나오지 않겠소이까?"

"듣고 보니 총관님이 말씀이 맞는 것 같소이다. 후우… 이럴 때면 총관께서 무림맹에 계신 것이 정말 다행스러운 일이라는 게 새삼스레 느껴집니다."

소림승 혜찬이 존경의 빛을 보이며 귀산 왕전에게 말했다.

이때만큼은 자존심 강한 청허자 유정도 혜찬과 같은 눈빛으로 귀산 왕전을 바라봤다.

"무슨 말씀을! 무림맹은 결국 구패의 기둥 위에 세워진 초가일 뿐이외다. 나야 초가의 문지기 노릇을 하는 사람이고… 구패가 없다면 어찌 무림맹과 나 귀산 왕전이 있을 수 있겠소이까. 자자… 서둘러 떠납시다. 지금은 시간이 금일 때이니."

귀산 왕전이 길을 재촉했다.

"알겠소이다. 그렇게 하지요."

유정이 대답했다.

그러자 왕전이 걸음을 옮기려다 말고 문득 두 사람에게 물었다.

"그런데… 십이천문의 사람들은 어찌 되었소이까?"

"음, 그들은 전신극의 주인을 추격해 갔소이다. 이후로는 우리도 소식을 듣지 못했소. 서둘러 천산을 빠져나오느라고……."

유정이 대답했다.

"십이천문과 전신극 주인의 싸움은 어떻게 보셨소이까?"

조금 이상하다고 생각할 수도 있었다.

귀산 왕전이라면 이미 십이천문의 고수들과 전신극의 주인 대량의 싸움이 어떻게 진행되었는지 알고 있을 것이기 때문이다.

그러나 유정과 혜찬은 귀산 왕전의 질문에 특별히 의구심을 갖지는 않았다. 무림의 고수로서 가질 수 있는, 당연한 호기심일 수 있기 때문이다.

거기에다 보통 고수들과 달리 유정이나 혜찬이 그들의 싸움을 보는 눈은 다를 수도 있었다.

특히 귀산 왕전과 불사 나왕의 특별한 관계는 무림에 널리 알려진 일이었다.

"그 싸움은… 명불허전이라고 할까. 과연 불파일맥의 무공은 놀랍더군요. 강호의 모든 고수들, 하물며 마도의 무리까지 몰려들어도 제압할 수 없었던 전신극의 주인을 불파일맥의 두 사제가 결국 이겨내더이다."

유정이 새삼스럽게 당시의 싸움을 떠올리며 대답했다.

"그가 지쳐 있었던 것 아니오?"

왕전이 물었다.

"물론 전신극의 주인인 대량이란 자가 지쳐 있기는 했소이다. 하지만 그래도… 특히 불사보다도 그 제자의 무공이 경악스러웠소."

"그 제자라면 나도 조금 안면이 있지요. 적월이라는 청년."

"허허, 청년이라니 새삼스레 놀랍군요. 정말 젊었지요. 그런데도 전신극의 주인 대량과 백 초를 겨루더이다. 백 초가 지나서 패한 것도 아니고. 허허!"

청허자 유정은 천마루 앞에서 적월이 전신극의 주인 대량을 상대하던 장면이 떠오르는지 허탈한 감탄사를 흘렸다.

자신의 실력에 대한 자괴감도 있었고, 무당에 그런 후기지수가 나타나지 않고 있다는 사실에 대한 아쉬움도 있는 듯 보였다.

"백 초를 싸워요?"

이번만큼은 왕전도 크게 놀란 듯 되물었다.

"그렇소이다. 그 젊은 청년이 수백 고수를 도살한 자와 백 초를 싸우더이다. 참으로 괴이한 검법이었소. 힘으로는 분명 전신극의 주인과 큰 차이가 나는 것 같았는데, 수비에 치중한 검법을 사용해 백 초를 견뎠소이다. 그러다가 틈을 만들고, 그 틈으로 불사가 대량이란 자에게 그가 자랑하는 일살검을 찔러 넣었소. 그러니까 결국 대량이란 자를 물리친 사람은 불사라기보다 그 청년이라고 봐야 할 거요. 그런데 그 청년의 이름이 적월이었구려."

혜찬이 고개를 끄떡였다. 머릿속에 적월이라는 이름을 각인시키고 있는 모습이다.

무림에서 적월의 이름을 아는 사람은 그리 많지 않았다.

그러나 소림승 혜찬이나 청허자 유정은 그 이름을 머릿속에 각인할 수밖에 없었다.

둘 모두 몇 년 지나지 않아 적월이라는 이름이 절대의 고수로서 무림에 알려질 것임을 확신하기 때문이었다.

아니, 어쩌면 그들이 중원으로 돌아가면 이미 그의 이름이 강호에 널리 퍼져 있을 수도 있었다.

그만큼 적월이 천마루 앞에서 보여준 무공은 대단한 것이었다.

"세월이 흐르나 봅니다. 칠마의 난을 통해 강호에 수많은 영웅이 탄생했는데 어느덧 그 영웅들의 시절이 가고 새로운 영웅들이 모습을 드러내고 있는 것을 보면……."

청허자 유정이 오랜만에 도인다운 풍모를 보이며 말했다.

"그런 모양이오. 아마도 우리가 무림 일에 관여하는 것은 이번에 십육마문의 잔당들을 처리하는 것이 마지막이 될 듯하오."

혜찬도 감상에 젖은 목소리로 말했다.

반면 귀산 왕전은 그들과는 다르게 날카로운 눈으로 멀리 점으로 보이는 천산 봉우리를 응시하고 있었다.

그곳에 여전히 십이천문의 사람들이 남아 있을지도 모른다고 생각하면서.

*　　　*　　　*

태양의 열기를 이기지 못하고 사막이 내뿜는 아지랑이가 사람들의 시야를 혼란케 했다.

뜨거운 열사의 땅, 그럼에도 밤에는 한겨울 한파처럼 매섭게 기온이 떨어진다.

그래서 사막을 여행하는 것은 불과 얼음의 강을 건너는 것과 비슷했다.

식량이나 식수, 그리고 한밤의 추위를 피할 수 있는 든든한 천막 등 많은 준비를 해야 했고, 낙타 등 사막의 기후에 견딜 수 있는 가축의 도움을 받아야만 사막을 여행할 수 있었다.

그러고도 간혹 모래 폭풍에 휘말리면 오랜 준비도 소용없이 죽음을 맞는 것이 사막 여행이었다.

덕분에 사막을 횡단하는 대상들은 큰 이문을 얻게 마련이다. 목숨을 걸고 하는 장사니 이문이 적을 수 없었다.

그런데 그런 준비도 없이 사막에 뛰어든 사람들도 존재한다.

도망친 죄수나 노예들, 혹은 목숨을 노리는 추격자를 피해 일단 살고 보자고 사막으로 피해 들어온 사람들이 그들이다.

그리고 그렇게 준비 없이 사막으로 들어온 자들 대부분은 채 닷새를 넘기지 못하고 뜨거운 사막의 모래로 자신의 무덤을 만들게 마련이었다.

그래서 십이천문의 사람들이 사막에 들어오고 보름이 지나도록 살아 있다는 것은 기적 같은 일이었다.

더군다나 아직도 여러 날 여행할 힘이 남아 있다는 것이 더 놀라운 일이었다.

다만 힘겨운 것은 매일 아침 같은 풍경을 봐야 한다는 것 정도. 그러나 그럼에도 불구하고 죽음의 위협에서 벗어났으니 그런 지루함은 충분히 견뎌낼 수 있었다.

물론 입에서 흘러나오는 투덜거림은 어쩔 수 없었지만.

"얼마나 더 가야 하냐?"

천산에서도, 사막에 들어와서도 자왕 사송이 오손에게 말을 걸 때는 언제나 이 질문으로 시작했다.

"지겹지도 않으세요?"

오손이 퉁명스럽게 대답했다.

"보자. 어제저녁에 닷새가 남았다고 했으니 오늘 아침에는 나흘 반나절이 남았겠군."

무덤덤하게 혼잣말을 하는 자왕을 오손이 그렇게 잘 아는 사람이 왜 묻냐는 표정으로 흘겨봤다.

그러자 자왕 사송이 갑자기 진지한 표정을 짓더니 오손에게 물었다.

"너 여전히 십이천문에 들어오고 싶은 거냐?"

"지금 그걸 질문이라고 하세요?"

오손이 쏴붙였다.

"이놈, 장난 아니니까 제대로 대답해 봐."

사송이 정색을 하며 말했다.

그러자 오손의 표정도 살짝 변했다. 하지만 말투는 여전했다.

"난 내가 이미 십이천문의 사람이라고 생각하고 있었는데, 자왕 대협께선 그렇게 생각지 않으셨던 모양이네요."

오손의 말대로였다.

천산에서의 험난한 싸움, 그리고 신화밀교 사신(死神)들의 추격을 피하기 위한 사막으로의 도주, 오손은 이 모든 것을 십이천문 사람들과 함께했다.

더군다나 사막으로 들어와서는 오손이 실질적인 무리의 인솔자였다.

이미 길 안내의 거래가 끝난 오손이 십이천문과 죽음의 고비를 함께 넘기고 있다면 한 가지 이유밖에 없었다. 그 자신이 이제 십이천문의 사람이 되었다고 생각하는 것, 그 이유 말고는 오손이 이 여행을 함께할 이유가 없었다.

그러니 오손의 말투에 서운함이 묻어나는 것은 당연한 일이었다.

그런데 너끈히 따지고도 남을 말을 했음에도 불구하고 자왕 사송은 끄떡도 하지 않았다. 아니, 오히려 더 당당하게 말했다.

"십이천문의 사람이 되려면 서로 속이는 게 없어야 돼."

"내가 뭘 속였다는 말인가요?"

오손이 눈을 치떴다. 자신은 떳떳하다는 표정이다.

"너 계집애냐? 사내놈이냐?"

사송이 불쑥 물었다.

순간 오손의 얼굴에 당황한 기색이 역력했다.

"어느 쪽이냐고?"

사송이 다그쳤다.

오손이 잠시 망설이다가 빽 소리를 질렀다.

"여잔데요. 그게 왜요?"

"그런데 왜 속였어?"

"속여요? 누가 누굴 속여요?"

오손이 뻔뻔한 표정으로 되물었다.

"햐! 요 녀석 보게. 너 지금까지 사내놈인 척했잖아?"

"제가요? 전 그런 기억 없는데요. 단지 제가 여자라는 말을 안 했을 뿐이죠. 제가 언제 남자라고 한 적이 있나요? 그걸 물어본 사람도 없잖아요?"

"그, 그건… 그러니까……."

갑자기 사송의 말문이 막혔다.

생각해 보면 오손의 말이 틀린 것이 없었다.

지금까지 십이천문의 사람들은 오손이 여자인지 남자인지 묻지 않았다. 그들은 처음부터 오손이 당연히 사내 녀석이겠거니 했던 것이다.

그만큼 오손의 남장은 자연스러웠고 하는 행동도 걸걸했다. 사내치고는 지나치게 갸름한 얼굴 모양만 빼면 오손이 여자라고 의심할 어떤 이유도 없었다.

그러니 질문을 할 이유가 없었고, 질문을 하지 않았으니 오손은 대답할 의무가 없었다.

당연히 오손은 거짓말을 한 적이 없었다.

"자, 이제 제가 십이천문의 사람이 되는 데 걸림돌은 없는 거죠?"

오손이 당당하게 물었다.

사송도, 나왕도, 적월도, 오손이 여자라는 의심을 가지고 있었지만 직접 오손의 입으로 그 말을 듣자 적지 않게 당황하고 있던 터라 오손의 말을 반박할 여유가 없었다.

오손이 그런 세 사람을 바라보다가 갑자기 적월에게 말을 건넸다.

"오라버니! 앞으로 잘 부탁드려요."

"으, 응? 그… 그래."

적월이 당황한 표정으로 대답했다. 그동안 늘 형님, 형님 하던 오손이었다.

"두 분께도 정식으로 인사드릴게요. 전대 청안족 족장 오 자, 풍 자, 동 자 쓰시는 분의 손녀인 오초아예요. 앞으로 잘 부탁드릴게요."

"네가?"

불사 나왕이 놀란 표정을 지으며 새삼스러운 눈으로 오손, 아니, 오초아를 바라봤다.

"할아버님과 인연이 있으시죠?"

오초아가 나왕에게 물었다.

"음… 네 조부님이 아니라 네 아버지와 인연이 좀 있지. 그러니까 네가 풍왕 오거돈의 딸이란 말이지?"

"예. 그러니 이젠 반대하지 않으실 거죠?"

오초아가 다시 물었다.

"그랬구나. 네가 풍왕의 딸이었구나. 그렇다면 당연히 난 반대할 수 없다."

불사 나왕이 마치 오초아에게 빚을 진 사람처럼 말했다.

"아버지와의 인연 때문에 절 받아달라는 것은 아니에요. 저도 십이천문에 들 실력이 있잖아요?"

오초아가 당돌하게 말했다.

"그래, 알겠다. 네 능력이야 이미 천산과 사막에서 충분히 증명했으니까. 이제 넌 십이천문의 문도다."

"헤헤, 고맙습니다!"

오초아가 나왕에게 꾸벅 고개를 숙였다.

그런데 그때, 갑자기 멀뚱히 서 있던 환동이 소리쳤다.

"히히, 저기 사람이다."

제2장
버려진 사내

환동은 오손, 아니, 오초아가 여자인지 남자인지 관심이 없었다. 그래서 오히려 그 문제를 가지고 벌이는 사송과 오초아의 논쟁이 지루했다.

그래서 그는 다른 사람과 달리 사막으로 시선을 돌릴 수 있었다.

그런 환동의 눈에 그가 들어온 것이다.

"정말 사람인데요?"

사막 한가운데서 사람을 만난다는 것은 기적에 가까운 일이다.

바다처럼 넓은 곳이 사막이고, 그 사막을 여행하는 여행자는 극히 적기 때문이다.

더 어려운 것은 그 사막을 혼자 여행하는 사람을 만나는 것이다.

그런데 환동의 눈에 띈 사람은 혼자인 듯 보였다.

"말이나 낙타도 없고… 지친 듯 보이는 것이 도망자인가?"

사송이 오초아와의 논쟁을 잊고 사막 한가운데 나타난 사람에게 관심을 보였다.

그의 말처럼 사내는 지친 듯 보였다.

수시로 무릎을 땅에 댈 정도로 무너졌고, 그러면 한참을 두 손으로 모래를 짚고 숨을 골랐다.

그러고는 또다시 일어나 걸음을 옮겼는데, 한 번에 이동하는 거리가 채 이십여 장이 되지 않았다. 그의 체력이 막바지에 이르렀다는 증거였다.

"어쩌죠?"

오초아가 나왕에게 물었다.

"초원이나 사막에서는 적아의 구분 없이 만나는 사람에게 음식과 물을 나누는 것이 여행자의 의무라고 하지 않았느냐?"

나왕이 말했다.

"하지만 어떤 사람인지 모르잖아요? 위험할 수도 있고. 그래도 데려와요?"

오초아가 확인하듯 되물었다.

"어떤 사람이든 우리가 그에게 죽겠느냐?"

나왕이 무심히 대답했다.

"하하, 그렇군요. 그는 혼자고, 지쳤고, 이쪽은 천하의 불사 대협이 계시는데. 누구든 상관없겠네요. 알았어요. 데려올게요."

오초아가 대답을 하고는 걸음을 옮기려는데 적월이 그녀의 앞으로 나섰다.

"내가 다녀오마."

"형님이요?"

"아직도 내가 형님이냐?"

적월이 오초아를 보며 웃었다.

"그, 그것이… 그래도 그렇게 부르면 안 돼요? 그게 편한데……."

"그래? 그럼 뭐 좋을 대로."

오초아는 자신이 여자라는 이유로 적월과의 관계가 불편해질까 걱정을 하는 모습이었다. 그래서 적월이 형님이라고 부르는 것을 쉽게 허락하자 그녀의 얼굴에 금세 미소가 번졌다.

"헤헤, 고맙습니다. 형님! 그런데 이런 허드렛일은 아우인 제가 해야죠."

"네 말대로 위험할 수도 있어서 그런다. 그럼 같이 가보자, 아우."

"알겠습니다. 형님!"

오초아가 일부러 굵은 남자 목소리로 대답했다.

적월이 그런 오초아의 어깨를 한 번 툭 치고는 사막 위를 평지처럼 달려 나가기 시작했다.

"헉헉!"

사내는 생각보다 굵은 몸을 가지고 있었다. 힘이 장사일 수도 있다는 뜻이다.

그런데 그런 사내를 볼품없게 만드는 것이 있었다. 바로 그의 키였다.

사내의 키는 오 척 단구, 그런 작은 키에 굵은 허리를 지니고 있으니 항아리 같은 몸을 가지고 있는 것처럼 보였다.

하지만 사내의 몸을 자세히 보면 두툼한 허리는 모두 근육이었다. 또 시선을 돌려 그의 눈을 보게 된다면 누구도 사내를 무시할 수 없을 듯 보였다. 아니, 오히려 사내를 두려워할 것 같았다.

길게 찢어진 눈, 그 눈에서 흘러나오는 원한에 사무친 안광. 누구를 향한 분노인지는 알 수 없지만, 사내는 지친 몸으로도 줄기줄기 살기를 뿜어내고 있었다.

그래서 적월은 사내와 오 장 안으로 가까워지자 손을 들어 올려 오초아의 걸음을 멈추게 했다.

그 순간 사내도 두 사람의 존재를 깨닫고 숙였던 고개를 들었다.

"명기가 보냈느냐? 이 지경에서도 목숨을 끊어오라고?"

사내가 경계심 가득한 표정으로 물었다.

손에 든 병기는 아무것도 없었지만 두 손을 꽉 말아 쥐는 것이 어떤 경우라도 싸움을 포기하지 않겠다는 의미로 보였다.

꽉 다문 입술은 수분이 하나도 없어서 거북 등짝처럼 갈라져 있고, 말아 쥔 손은 검게 타서 까마귀 발 같았다.

어디서 얻어맞았는지 얼굴에는 아물지 않은 멍 자국이 있었고, 제법 좋은 천으로 만든 옷에는 마른 핏자국이 선명했다.

심상치 않은 사연이 있는 자가 분명해서, 적월과 오초아의 호기심을 자극하는 모양새로 충분했다. 하지만 적어도 두 사람은 지금 무엇을 먼저 해야 하는지 알고 있었다.

툭!

적월이 허리춤에서 물주머니를 끌러 사내 앞으로 던졌다.

"마셔요."

갑작스러운 적월의 행동에 살기 가득했던 사내의 눈이 당혹스러운 빛을 내보였다.

"명기가 보낸 게 아니냐?"

"명기가 누군지 모르지만 우린 그냥 사막을 여행하던 사람들이에요. 그러니 일단 물부터 마셔요. 아, 너무 급히 마시지는 말고 입술부터 축이세요."

성급하게 물을 마시다가 탈이 날 것을 염려한 적월이 당부했다.

사내는 여전히 의심스러운 눈으로 적월과 오초아를 번갈아 바라봤다. 그러다가 결국 두 사람에게 적의가 없다는 것을 확인하고는 서둘러 물주머니를 들어 물을 마시기 시작했다.

그런데 사내가 물을 마시는 모습을 본 적월과 오초아는 그가 좀 더 특별한 사람임을 알 수 있었다.

사내는 적월의 충고가 아니어도 사막에서 오랜 목마름 끝에 물을 마시는 방법을 알고 있었다.

먼저 가볍게 입술을 적셨고, 이후에는 한쪽 손바닥을 모아 그 안에 물을 조금 따른 후 병아리 물 마시듯 살짝 물을 맛보았다. 그렇게 입안을 충분히 적신 후에야 물주머니의 입구에 입을 대고 조금씩 물을 입안으로 흘려 넣는 사내였다.

더군다나 갈증에 시달렸을 텐데도 물을 세 모금 정도만 마시고는 물주머니의 마개를 닫고 다시 적월에게 건넸다.

사막에서 갈증이 난다고 마음껏 물을 마셨다가는 당장 도움을 준 사람조차도 어려움에 빠질 수 있다는 것을 알고 있는 것이다.

결국 사내는 사막을 여행할 줄 아는 인물이었다.

"더 마셔도 돼요."

"사막에선 언제나 물을 아껴야 하는 법이라는 것 정도는 알고 있소."

사내가 여전히 경계심이 묻어나는 말투로 대답했다.

"음… 그럼 물 대신 요기라도 하실래요?"

적월이 다시 물었다.

그러자 사내의 얼굴에 갈등의 빛이 보였다. 적월 일행을 믿어도 되는지 여전히 확신이 서지 않는 모양이었다.

하지만 혼자 백날 고민한다고 적월 일행의 정체를 알아낼 수는 없었다.

"뭘 하는 분들이오?"

사내가 적월에게 물었다.

"천산으로 갔다가 급한 일이 있어서 지름길로 중원으로 돌아가는 길이에요."

적월이 망설이지 않고 대답했다.

"천산엔 어쩐 일로?"

사내는 의심이 많았다. 확신이 들 때까지 질문을 멈추지 않을 태세다.

적월은 그런 사내의 행동에 불평하지 않고 허리춤에 차고 있던 검을 가볍게 들어 보였다.

"무림인이구려! 그럼 역시 전신극……."

사내도 천산에서 전신극이 나타나 무림인들이 천산으로 몰려간 것을 알고 있는 모양이었다.

제법 강호 사정에 밝은 인물이란 의미다.

"맞아요. 전신극 때문에 천산에 다녀오는 길이에요."

적월이 선선히 사내의 말에 대답했다.

그런 적월의 모습이 사내에게 신뢰감을 준 듯 사내의 표정이 조금 부드러워졌다.

"후우, 불행 끝에 행운이 온다고, 죽나 싶었는데 오히려 사지(死地)에서 은인들을 만나게 되었구려. 고맙소이다."

"뭐, 물 몇 모금일 뿐인데요."

"사막에서 물은 생명과 같은 것 아니겠소. 후우……."

사내가 큰 숨을 들이쉬며 고개를 돌려 어지러운 자신의 발자국이 남아 있는 뒤쪽을 돌아보았다.

그러면서 한 손을 들어 올려 뜨거운 태양빛을 가리는 것으로 보아, 단지 자신의 자취를 되돌아보는 것이 아니라 뒤에 누군가가 따라오는지 확인하는 듯 보였다.

"추격자는 없어요."

이번에는 오초아가 사내에게 말했다.

"그걸 어찌 아시오?"

사내가 의아한 얼굴로 오초아에게 물었다.

"전 눈이 좋아요. 매의 눈을 가졌지요. 보통 사람보다 서너 배는 멀리 봐요. 추격자는 없어요."

오초아가 단호하게 말했다.

"공력으로 안력(眼力)을 높이는 것도 한계가 있는 법인데……."

사내가 고개를 갸웃했다.

사내 역시 무공에 문외한이 아닌 모양이었다. 소위 내공이라고 말하는 무림인들의 공력이 시력을 약간 높여줄 수는 있어도 서너 배까지 눈을 좋게 하지는 않는다는 것을 알고 있었다.

"부모를 잘 만난 덕이라고 해두죠."

오초아가 별것 아니라는 듯 말했다.

"하긴 간혹 특별한 재능을 타고난 사람이 있으니까. 초원의 유목민들은 시력이 놀랍도록 뛰어나기도 하고……."

사내가 고개를 끄떡였다.

"아무튼 일단 요기를 좀 하시죠?"

적월이 다시 사내에게 말했다.

"그렇게까지 신세를 져서야……."

"사양만 하다가는 곧 굶어 죽을걸요? 굶어 죽는 것보다야 신세를 지는 게 낫지요."

오초아가 장난기가 가득한 얼굴로 말했다.

그러자 사내의 얼굴에도 희미한 미소가 지어졌다.

"하긴 죽는 것보다야……."

"이리 오세요."

적월이 사내를 불사 나왕 등이 있는 곳으로 이끌었다.

참으로 특별한 사람이라는 느낌이 들었다.

작은 키에 두툼한 체구를 보면 음식을 급히 먹을 것으로 보였지만, 사내는 무척 느리고 천천히, 그리고 조금씩 육포를 씹어 삼켰다.

마치 턱에 힘이 없어서 겨우겨우 육포를 씹는 것처럼 보일 정도였다.

그러나 나왕 등은 그것이 사내의 본래 습관임을 알고 있었다. 음식을 먹는 속도가 처음부터 끝까지 전혀 변하지 않았기 때문이다.

그래서인지 사내의 정체에 대한 호기심이 한층 더 깊어졌다.

다만, 오직 환동만이 마치 자신의 육포를 사내에게 빼앗긴 것처럼 육포를 씹어 먹는 사내를 노려보며 적의를 보였다.

그렇다고 사내에게 달려들어 육포를 빼앗지는 않았지만, 한시도 육포에 대한 욕심은 숨기지 않는 환동이었다.

결국 오초아에게서 육포 한 조각을 얻어내고서야 환동은 사내에 대한 적의를 거뒀다.

그리고 그즈음 사내도 귀하게 얻은 육포를 말끔히 먹어치웠다.

"물을 좀 더 드시게. 간이 되어 있는 육포라 목이 마를 테니."

사송이 사내에게 물주머니를 건넸다.

"고맙습니다."

적월과 오초아에게는 경계심과 나이가 어려 보여서인지 존대를 하지 않았던 사내가 사송에게는 깍듯하게 존대를 했다.

그런데 그런 그의 행동이 무척 자연스러워서, 사송 같은 노련한 사람들이 사내의 정체를 얼핏 짐작할 수 있게 만들었다.

"장사를 하시나?"

사송이 한 모금 물을 입에 머금은 사내에게 넌지시 물었다.
"그랬지요."
사내가 씁쓸한 표정으로 대답했다.
"지금은 다른 일을 한다는 뜻인가?"
"……."
사송의 질문에 사내가 대답을 하지 않았다.
아니, 대답을 하지 않는다기보다는 대답을 하지 못하는 것처럼 보였다.
"에이, 다른 사람 일을 뭐 그렇게 꼬치꼬치 캐물어요? 곤란하게."
오초아가 사송에게 핀잔을 줬다.
"아니, 뭐… 궁금하니까 그렇지. 사막 한가운데에 덩그러니 있는 것도 그렇고……."
그런데 그 순간 사내가 갑자기 입을 열었다.
"금림(金林)이라고 혹시 아십니까?"
"금림? 그… 낙양의 대상가 말인가?"
사송이 되물었다.
"아시는군요."
"강호 조금이라도 돌아다닌 사람이야 금림을 모를 수 있나. 말 그대로 금림… 중원 곳곳에 분타가 있는 대상가인데. 그런데 금림의 사람인가?"
"그랬었지요."
사내는 여전히 과거의 일로 자신의 내력을 대답했다.
"역시 지금은 아니고?"

"모르겠습니다."

사내가 모호하게 대답했다.

"무슨 사연인지 말해줄 수 있겠나?"

사송이 좀 더 신중한 표정으로 물었다.

그런데 사내는 조심스러운 사송의 질문과 달리 시원하게 대답했다.

"뭐, 죽을 목숨 살려주셨는데 말하지 못할 것도 없지요. 그리고 내가 잘못한 것도 아니고……."

말을 하는 사내의 눈에 다시 살기가 감돈다.

"흥분하지 마시게. 물 한 모금 더 축이고."

흥분하면 제대로 된 이야기를 들을 수 없다는 것을 알고 있는 사송이 사내를 진정시켰다.

사내가 사송의 말대로 물주머니를 들어 물을 한 모금 더 들이켠 후 더러워진 소매로 슥 입을 닦더니 자신이 사막을 헤매게 된 이유를 늘어놓기 시작했다.

사내의 이름은 여망이었다.

어린 시절 부모를 잃고 낙양 거리를 헤매다가, 낙양을 근거로 천하에 상단을 보내는 거대한 상가 금림의 상인으로 키워졌다.

이후 그는 타고난 재주와 성실함으로 젊은 나이에 금림에서 손꼽히는 인재로 성장했다.

금림의 림주도 사내의 능력을 인정하여 스물다섯이 되던 해, 보통의 경우 서른이 넘어야 오를 수 있는 행수의 자리에 사내를 앉혔다.

금림에선 아주 특별한 경우였다.

행수가 된 여망은 그 이후 뛰어난 수완을 발휘해, 그가 이끄는 상단은 다른 상단에 비해 곱절의 이득을 남기는 경우가 허다했다.

그래서 처음에는 어린 나이에 행수 자리에 오른 그를 시기하던 금림의 사람들도 얼마 지나지 않아 진심으로 그의 능력을 인정하고, 그를 존경하는 사람들조차 생겨났다.

그래서 언제부터인가 금림에서는 여망이 금림의 후계자가 될 수도 있다는 말이 돌기 시작했다.

림주의 혈육이 상가를 이어받아야 하지만 림주에게는 오직 딸 한 명만 있을 뿐 아들이 없었다.

더군다나 림주 무남독녀인 맹소소는 어려서부터 귀하게만 자라 금림을 이끌어갈 상인의 재목이 아니었다.

그래서 금림 내에서는 림주의 총애를 한 몸에 받는 여망이 결국 맹소소와 혼인해 데릴사위로서 금림을 이어받을 거란 말들이 돌았고, 림주 맹자치도 그런 소문을 굳이 부인하지 않았다.

비록 여망이 그리 호감이 가는 외모를 지닌 것은 아니지만, 무림인은 무공으로 평가받고, 장사꾼은 돈 버는 재주로 능력을 평가받는 법이어서 금림 내 젊은 여인들 중 여망을 흠모하는 사람도 많았다.

단지 단점이라면 여망이 근본이 없는 사람이라는 것이었다.

그러나 오히려 그 점이 여망의 장점일 수도 있었다.

부모가 없는 고아 출신이니 맹씨 일가의 데릴사위가 되기에는 완벽한 조건이었던 것이다.

그리고 그즈음 이 젊은 상인은 림주 맹자치로부터 한 가지 중요한 제안을 받게 된다.

“어느 날 림주가 절 부르더니 서역 고원의 마을들을 돌며 사향 일천 근을 구해오라고 말했습니다.”

“사향 일천 근! 그게 가능한 일인가?”

사향은 중원에서는 금과 거래 가능한 물건이다.

특히 서역 고원에서 나는 사향은 무척 귀해서 귀부인과 약재상들 사이에서는 부르는 게 값인 물건이었다.

그런 사향을 일천 근이나 구해오라는 것은 거의 불가능한 명령이나 마찬가지였다.

그런데 여망의 대답이 사람들을 놀라게 했다.

“어렵기는 하지만 불가능한 것은 아니지요.”

“설마 그 일을 해냈다는 건가?”

사송이 물었다.

그러자 여망이 고개를 끄떡였다.

“허어… 자네는 정말 놀라운 사람이었군.”

사송이 새삼스러운 눈으로 여망을 보며 감탄했다.

“글쎄요. 제 재주가 놀라운 게 아니라 제 욕망이 컸던 거지요.”

“그건 또 무슨 말인가?”

“림주가 사향 일천 근을 원한 것은 황실과 거래를 틀 기회를 잡았기 때문이었습니다. 황실과의 거래는 림주의 오랜 꿈이었지요. 일단 거래만 틀 수 있다면 금림을 천하제일의 상가로 키울 수 있을 테니까요."

"그렇지. 황실과 거래를 틀 수만 있다면……."

사송이 고개를 끄떡였다.

"그래서 림주는 제게 거부할 수 없는 제안을 했습니다. 석 달 안에 일천 근의 사향을 가져오면 자신의 딸과 혼인을 허락하고 정식으로 림주의 후계자로 지목하겠다고……."

"음……."

사송이 나직하게 침음성을 흘렸다. 그가 생각해도 도저히 거절할 수 없는 제안이기 때문이다.

상인에게 금림과 같은 대상가의 림주가 되는 것은 무림에서 한 문파의 수장이 되는 것과 다를 바가 없었다.

어떤 상인도 이런 제안을 거절할 수는 없다.

여망은 림주의 후계자가 되기 위해 자신의 모든 힘을 쏟아부어 사향을 구했을 것이다.

"그런데 어쩌다가 사막에 홀로 남게 된 거예요?"

오초아가 궁금증을 참지 못하고 급히 물었다.

천 근의 사향을 구했으면 그는 금의환향해서, 림주의 사위가 되어 금림의 후계자로 있어야 한다. 그런 그가 사막 한가운데서 생사의 기로에 서 있었다면 필시 곤란한 일이 닥친 것이 분명했다.

"가장 믿었던 세 사람에게 배신을 당했소."

여망이 대답했다.

"가장 믿었던 사람이라면 행수님을 따르는 수하들에게요?"

오초아는 벌써부터 동정이 가는지 여망을 행수님이라고 불렸다.

“가장 믿었던 주군, 가장 믿었던 친구, 그리고… 믿었던 여인에게 배신을 당했소. 오랜 세월 금림에서 고난을 같이하며 성장한 정명기라는 친구가 있소. 그 친구가 사향을 모두 구한 상단이 사막 남쪽 길을 따라 중원으로 돌아가는 길에 날 공격했소. 상단의 식구들도 모두 한통속이었더구려.”

“어떻게 그럴 수가 있죠? 적지 않은 시간 함께한 사람들일 텐데요?”

오초아가 이해할 수 없다는 듯 물었다.

“상행을 떠나기 전 이미 림주에게 밀명을 받았던 모양이오. 사향을 구한 후 날 제거하고 돌아오면 큰 상을 내리겠다는… 아마 정명기 그 친구는 금림에 돌아가면 날 대신해 내 상단의 행수가 될 거요.”

“대체 림주가 왜……?”

여전히 이해할 수 없었다.

그토록 유능하고, 자신의 후계자로까지 생각한 여망을 금림의 행수가 죽일 이유가 없었다.

“이유는 단순한 거였소. 림주는 내가 자신의 사위가 되는 것을 원치 않았던 것이오. 물론, 떠나올 때 마치 이미 아내라도 된 것처럼 눈물을 흘리던 그녀도 마찬가지였고 말이오.”

그녀가 누구인지는 묻지 않아도 알 수 있었다. 금림의 림주 맹자치의 딸 맹소소가 그를 배신한, 믿었던 여인이다.

“단지 혼인이 싫어서라면 굳이 죽일 것까지야 없잖아요? 그냥 혼인을 취소하면 그뿐, 물론 약간의 비난이야 듣겠지만……”

오초아가 여전히 이해할 수 없다는 듯 말했다.

"지금은 이런 몰골이어도 사실 난 생각보다 금림에서 꽤 힘이 있는 사람이오. 림주라도 함부로 자신의 약속을 깰 수 없을 정도로 말이오. 그러니 약속을 깨는 것보다는 사막 어딘가에서 길을 잃고 죽었다고 말하는 것이 림주에게는 훨씬 좋을 방책이었을 것이오. 거기에… 욕심에 물든 나의 오랜 벗이 동조한 것이고."

여망이 우울한 표정으로 말했다.

살기를 거둔 그의 눈빛을 공허하기 이를 데 없었다. 그래서 짧고 다부진 그의 몸조차도 지금은 무척 힘이 없어 보였다.

"그런데 어떻게 살아남았는가?"

언제나 나왕은 침묵을 지키다가 가장 중요한 문제를 불쑥 꺼내 드는 일면이 있다.

생각해 보면 죽이기로 마음먹은 배신자들이 여망 하나 죽이는 것은 문제도 아니었을 것이다.

"두 가지 이유 때문에 살아 있습니다. 하나는… 날 배신한 벗이라는 놈이 그래도 내 몸에 칼을 꽂기는 싫었는지 사막 한가운데 날 버려뒀지요. 물과 음식이 없으니 삼 일을 넘기기 어려울 것이라 생각했던 겁니다. 그래서 바로 죽지 않았고, 다른 하나는 림주나 친구 녀석이 생각지 못한 능력이 제게 있었다는 겁니다."

"무공 말인가?"

나왕이 물었다.

"이미 눈치채셨군요?"

여망이 놀란 눈으로 나왕을 바라봤다.

그는 앞에 있는 이 추남이 천하십대고수로 불리는 불사 나왕이라는 사실을 꿈에도 생각지 못하고 있었다. 그러니 자신의 몸속에 무공이 숨겨져 있다는 것을 눈치챈 나왕에게 놀랄 수밖에 없었다.

"그 정도는 알아볼 눈을 가지고 있네. 그런데 내가 보기에 자네의 무공이 범상치 않아 보이는데 어찌 친구에게 당했는가? 그 친구의 무공이 더 고강했던가?"

나왕이 다시 물었다.

"아닙니다. 그 녀석 무공은 나에 미치지 못하지요. 단지 이번 상행의 중요성 때문에 림주가 붙여준 호위 무사 다섯이 문제였습니다. 평범해 보였던 그들이 사실은 모두 강호 일류고수의 범주에 들어가는 자들이었던 거지요. 그들이 친구 녀석을 도우니 저로서는 일단 살기 위해 순순히 그들에게 제압될 수밖에 없었습니다."

여망이 당시의 비참한 상황이 떠오르는지 얼굴을 찌푸렸다.

그리고 그것으로 여망의 이야기는 끝이 났다. 십이천문의 고수들도 더 이상 물어볼 말이 없었다.

그렇게 한동안의 우울한 침묵이 흐른 후 먼저 입을 연 사람은 오초아였다.

"가요."

"응?"

사송이 오초아를 바라봤다.

"여기서 잠을 잘 수는 없어요. 지대가 너무 높아요. 곧 저녁이니 저쯤은 가야 해요."

오초아가 손을 들어 거리를 가늠할 수 없는 위치에 보이는 모래 능선 하단을 가리켰다. 마치 작은 계곡처럼 보이는 곳이다.

"어, 그렇구나. 벌써 해가 지는구나."

사송이 자리를 털고 일어났다.

그러자 십이천문의 사람들이 분주히 떠날 준비를 했고, 여망 역시 덩달아 십이천문 사람들에 섞여 다시 사막을 걷기 시작했다.

사막의 밤은 차갑다.

한낮의 뜨거운 열기를 머금지 못한 모래사막은 밤이 되자 급격하게 기온이 떨어졌다.

그러나 십이천문 일행은 오초아 덕분에 그리 춥지 않은 밤을 보내고 있었다.

땔감이 없어 불을 피울 수는 없지만, 오초아가 찾아낸 노숙지는 모래 언덕들이 교묘하게 교차하는 지점에 위치해 있어서 사방에서 불어오는 사막의 밤바람을 넉넉히 막아주었다.

더군다나 오초아는 모래 구덩이를 파내 그 안의 온기로 밤의 한기를 이겨내는 방법도 알고 있었다.

그 아늑한 공간에서 적월과 오초아는 밤늦게까지 별구경을 하고 있었다.

아니, 사실은 별구경이 아니었다. 사막을 여행하면서 오초아는 적월에게 별자리로 길을 찾는 법을 가르쳐 주었는데, 오늘도 늦은 밤까지 별자리를 보는 법을 가르쳐 주고 있는 것이었다.

그런데 그런 두 사람을 방해하는 사람이 있었다.

여망이었다.

"저기… 소협들……."

조심스럽게 들려온 여망의 목소리에 적월과 오초아가 그를 바라봤다.

"무슨 일이세요? 뭐 필요한 것이라도 있나요?"

오초아가 물었다.

"아니, 그런 것은 아니고. 잠도 오지 않고 해서 뭘 좀 물어보려는데 괜찮겠소?"

여망이 여전히 조심스럽다.

"그러세요."

적월이 자리를 권하며 선선히 대답했다.

"고맙소이다."

여망이 기쁜 기색을 보이며 적월이 권하는 대로 모래 바닥에 엉덩이를 붙이고 앉았다.

"그래, 알고 싶은 게 뭐예요?"

여망이 자리에 앉자마자 오초아가 물었다.

"음… 먼저 대체 여러분은 어느 문파 사람들이오? 구명지은을 입고도 은인들이 어떤 분들인지 모르는 것이 답답해서……."

여망의 물음에 오초아가 바로 대답하지 못하고 슬쩍 불사 나왕이 있는 곳을 바라봤다. 자신들의 정체를 밝혀도 되는지 허락을 구하는 것이다.

그런데 잠든 줄 알았던 불사 나왕이 누운 채로 적월과 오초아를 향해 가볍게 고개를 끄떡였다.

여망에게 자신들의 정체를 밝혀도 된다는 뜻인데, 고민 없이 허락을 한 나왕이 적월과 오초아에게는 조금 의외였다.

천산의 혈사 이후 십이천문은 천하에서 가장 강한 자들을 적으로 둔 상황이었다.

절대삼천이라 부른다는 그들의 눈은 천하에 퍼져 있고, 지금으로선 최대한 그들을 피해야 하는 십이천문이었다.

그런데 사막에서 생전 처음 만난 낯선 사람에게 순순히 자신들의 정체를 밝혀도 된다고 허락하는 불사 나왕의 결정이 의외인 두 사람이었다.

하지만 어쨌든 나왕의 허락을 받은 이상 여망의 질문에 대답을 망설일 이유는 없었다.

“우린 십이천문이라는 곳의 사람들입니다.”

적월이 여망을 보며 말했다.

“십이천문… 아! 십이천문!”

갑자기 여망이 눈을 크게 떴다.

“십이천문을 아십니까?”

오히려 십이천문을 알고 있는 듯한 여망의 반응에 놀란 것은 적월이었다.

천산에서의 혈사에서 나왕 등의 활약으로 인해 앞으로 무림에 십이천문의 이름이 널리 퍼지겠지만, 아직은 여망의 상단에까지 전해졌을 리가 없기 때문이었다.

그러니 여망은 상행을 나서기 전 이미 십이천문에 대해 알고 있었다는 뜻이다.

“낙양에도 북화문에 속한 기루들이 여럿 있소이다. 금림은 그 기루들에 술과 식자재, 그리고 포목을 댄다오.”

여망이 대답했다.

그 대답으로 여망이 십이천문이라는 이름을 알고 있는 이유를 더 설명할 필요가 없어졌다.

십이천문이 강호에 나와 무림의 일에 본격적으로 관여했던 청부가 북화문과 음양교 인왕 홍광과의 싸움이었으니, 북화문의 기루와 거래하는 금림의 사람들에게 십이천문의 이름이 전해진 것은 당연한 일이었다.

"그렇군요. 북화문과 거래를 하신다면 본 문의 이름을 알고 있는 것이 이상하지 않지요."

적월이 고개를 끄떡였다.

그런데 그때, 여망이 뭔가로 머리를 얻어맞은 듯 화들짝 놀란 표정으로 뒤를 돌아봤다.

그의 시선은 적월과 오초아에게 자신들의 정체를 밝혀도 된다고 허락한 후 눈을 감고 잠을 청하고 있는 불사 나왕에게로 향해 있었다.

"가만, 십이천문이라면… 설마… 불사……."

아직까지는 강호에서 십이천문이라는 이름보다 불사 나왕이라는 이름이 훨씬 더 파괴력이 크다.

칠마의 난을 진압하는 데 혁혁한 공을 세웠고, 그로 인해 젊은 나이에 천하십대고수의 반열에 오른 불사 나왕. 그 추레한 몰골도 그의 명성을 널리 알리는 데 도움이 된다.

그 불사 나왕이 십이천문이라는 이상한 청부문에 몸을 의탁하고 있다는 사실 역시 여망이 들었던 소문 중 하나였다.

그러니 지금 눈을 감고 누워 있는 저 추레한 중년인은 불사 나왕이 분명했다.

그런 인물을 사막 한가운데서 만났다는 사실이 여망은 도저히 믿기지 않는 모양이었다.

"맞아요, 그분."

적월이 여망의 생각을 확인해 줬다.

"아……."

여망이 나직하게 탄성을 흘리며 눈을 감고 누워 있는 불사 나왕을 바라봤다.

그러다가 문득 또 다른 일에 생각이 미친 것처럼 물었다.

"듣기로 십이천문은 청부문이라 들었소만."

"그렇습니다."

적월이 숨기지 않고 대답했다.

"그럼 지금 제 청부를 받아주실 수 있소?"

뜬금없는 말이었다.

그러나 여망의 얼굴에 묻어나는 절박감 때문에 그냥 흘려들을 수도 없었다.

하지만 십이천문이 지금 타인의 청부를 받을 입장은 아니었다. 절대삼천이라 불리는 강호의 숨은 지배자들에게서 살아남기 바쁜 것이 지금의 상황이었다.

"금림의 림주에 대한 복수를 해달라는 것이라면 미안하지만 청부를 받을 수 없습니다."

적월이 나왕이나 사송에게 묻지도 않고 청부를 거절했다.

그러자 여망의 얼굴에 실망의 빛이 보였다. 하지만 그는 금세 실망감을 씻어내고 다시 입을 열었다.

"림주에 대한 복수는 내가 합니다. 대신 날 낙양 인근까지만 데려가 주실 수 있겠소이까? 어차피 중원으로 가시는 길이라면."

"그게 청부인가요?"

오초아가 확인하듯 물었다.

마치 십이천문에서 오랫동안 살아온 사람처럼 능숙한 물음이다.

"그렇소이다."

여망이 고개를 끄떡였다.

"사막을 벗어나기만 하면 혼자서도 가실 수 있을 것 같습니다만……."

굳이 청부까지 할 일이냐는 듯 적월이 물었다.

"일단은 사막을 벗어나는 일, 그리고 혹시 있을지도 모를 살수들의 공격에 대비한 청부요."

"살수들요? 행수께서 살아 계신 것을 그들이 알 리 없는데 누가 살수를 보낸단 말입니까?"

적월이 의아한 표정으로 물었다.

"금림은, 아니, 금림의 사람들은 생각보다 무척 독하고 집요한 사람들이오. 비록 날 사막에 버려두었다고 해도 혹시 살아 돌아올 가능성을 대비하고 있을 것이오. 중원으로 가는 길목 곳곳에는 금림과 거래를 튼 상가들이 즐비하오. 그들을 통해 혹시라도 내가 살아 돌아오는지 살피고 있을 것이오. 그리고 만약 내가 살아 있다는 것을 알게 되면 필시 살수들을 보낼 것이오."

여망이 긴장한 표정으로 말했다.

"그럴 수도 있겠지만 그래도 대도를 피하고 한적한 길을 찾아 움직이면…….”

“그래도 만사 불여튼튼이라고, 십이천문의 대협들께서 함께해 주시면 낙양까지 마음 편히 갈 수 있을 것 같소이다. 가면서 돌아가 할 일도 천천히 생각해 보고…….”

그런데 그때, 눈을 감고 있던 불사 나왕이 갑자기 입을 열었다.

“돌아가면 금림의 림주를 상대할 방책은 있나?”

여전히 눈은 감은 채였다.

“돌아만 간다면… 자신 있습니다.”

놀랄 만한 여망의 대답이다.

여망의 나이 삼십 전후, 그런 그가 수십 년간 금림을 이끌어 강호 최고의 상가 중 하나로 만든 림주 맹자치를 상대할 수 있다고 자신하는 것이 한편으로는 치기로 느껴지기도 했다.

“어떻게 상대할 건가?”

역시 누운 채로 잠을 청하던 사송이 몸을 돌려 여망을 바라보며 물었다.

“그건… 제가 알아서 하지요.”

역시 상인이다.

여망은 쉽게 자신의 속내를 드러내지 않았다.

“무공은 어디서 배웠나?”

다시 나왕이 물었다.

“금림의 상인들 중 행수의 재목이 되는 사람들은 무공을 수련하지요. 대략 십오 세 전후에 시작하는데 금림 내에 그들을 위한 비급이 있습니다. 물론 무공을 가르치는 무공 교두도 있고…….”

“아니, 금림의 행수들 모두가 알고 있는 무공 말고 자네가 숨기고 있는 무공 말일세.”

나왕이 고쳐 물었다.

그러자 여망의 얼굴에 당황한 빛이 보였다. 그런 여망을 보며 나왕이 다시 입을 열었다.

“상가에서 행수의 재목으로 키우기 위해 가르치는 무공에는 한계가 있지. 도검을 쓰는 법이야 나름대로 좋은 기술을 가르칠 수 있어도 내공심법은 다른 문제. 자네의 몸에 깃든 그 강력한 내공은 절대 금림의 무공 교두에게 배울 수 있는 게 아닐세.”

“그걸 어찌 아셨습니까?”

여망이 더 이상 숨길 수 없다는 걸 깨닫고는 나왕에게 되물었다.

“내가 불사 나왕이란 걸 그새 잊었나?”

“아무리 그래도… 그렇군요. 무림십대고수 불사 대협께서는 단지 보고 느끼는 것만으로도 상대 무공의 깊이를 가늠할 수 있으시군요.”

여망이 고개를 끄떡였다.

“누구에게 배웠나? 기운이… 패도적이던데. 자칫하면 수련 중에 주화입마에 빠질 수도 있는 신공일 듯하고. 그렇다면 스승이 있다는 의미. 금림의 행수로 살면서 무공의 고수를 스승으로 두었다는 것은 자네에게 다른 신분이 있다는 의미 같은데?”

나왕이 날카롭게 질문했다.

“정말 대협의 눈을 속일 수가 없군요. 맞습니다. 제겐 사부 한

분이 계시지요. 하지만 그렇다고 제가 금림의 행수 이외의 신분을 갖고 있는 것은 아닙니다. 사부께서도 역시 금림의 사람이니까요."

여망의 대답에 이번에는 나왕이 의외라는 듯 눈을 뜨며 반쯤 몸을 일으켰다.

"사부가 금림의 사람이라고?"

"그렇습니다."

"금림에 자네에게 그런 신공을 전수할 고수가 있단 말인가? 아니, 만약 그렇다면 금림의 림주가 감히 자넬 죽일 생각을 하지 못했을 텐데?"

"맞습니다. 림주가 제 사부에 대해 알았다면 절대 이런 짓을 하지 못했을 겁니다. 하지만 림주는 제게 무공을 가르쳐 준 분이 금림의 주방에서 숙수로 일하고 있는 분이라는 것을 꿈에도 모를 겁니다."

"주방의 숙수? 요리를 하는 사람이란 말인가?"

사송이 물었다.

"그렇습니다. 제가 금림에 들어왔을 때부터 계셨던 분인데 그때부터 절 눈여겨보셨던 모양입니다. 그래서 제 나이 열다섯쯤인가부터 은밀히 제자로 거두셨지요."

"허어… 기이한 인연이로세."

사송이 나직하게 탄성을 흘렸다.

"금림에서 쓰는 이름 말고 자네 사부의 본명을 알 수 있나?"

나왕이 물었다.

"그건 절대 말할 수 없습니다. 사부께 당신의 본명을 절대 발

설하지 않겠다고 맹세를 했으니까요."

여망이 단호하게 말했다. 말하지 않아서 십이천문이 자신을 도와줄 수 없어도, 절대 사부의 본명을 말하지 않겠다는 의지가 분명했다.

나왕도 그런 여망의 마음을 순순히 인정했다.

"알겠네. 누구나 사연은 있는 법이니까. 그럼 금림으로 돌아가면 복수를 할 수 있다는 것도 자네 사부의 존재 때문이겠군?"

"사부님을 믿기는 하지요. 하지만 꼭 사부님 때문만은 아닙니다. 결국 복수는 제 힘으로 할 겁니다."

여망이 다부진 표정으로 말했다.

불사 나왕이 그런 여망의 얼굴을 잠시 바라보다가 무심하게 말을 던졌다.

"알겠네. 낙양 인근까지 동행하세."

그 말을 하고 난 후, 불사 나왕은 다른 사람의 놀란 시선에 아랑곳하지 않고 다시 모래 바닥에 등을 대고 누워 눈을 감아버렸다.

제3장
불타는 송가장

두두두!

한 필의 말이 무서운 속도로 산비탈을 깎아 만든 길을 달렸다. 산을 깎아 만든 길이지만 마차가 다닐 수 있을 정도로 잘 정비된 길이다.

벽산은 험준한 산이지만 그곳에 터를 잡은 한 가문으로 인해 사통팔달의 도로가 잘 정비되어 있어 사람들의 왕래가 수월했다.

천하구패의 일원인 송가장, 그 힘은 벽산의 험준한 지형조차도 사람과 마차의 왕래가 가능한 길을 만들어놓았다.

그 길을 따라 달리는 말은 거침이 없었다.

오히려 말 위에 타고 있는 사람이 떨어지지 않을까 걱정할 정도로 빠르게 달린 말이 한순간 산 중턱의 거대한 분지에 지어진 송가장 앞에서 멈췄다.

말이 멈추자 말 위에 올라 있던 사내가 훌쩍 몸을 날려 바람처럼 송가장의 정문 앞으로 달려갔다.

"누구냐?"

송가장의 정문을 지키는 경비 무사 전통이 갑자기 나타난 사내를 향해 검을 빼 들며 소리쳤다.

"감포 육가장에서 왔소. 육가장의 총관 이삼이오."

말에 내려 달려온 사내가 급히 말했다.

"아! 육가장의 총관이시군요. 그런데 어쩐 일로 이렇게 급히……?"

감포 육가장이면 송가장과 인연을 맺고 있는 강호의 문파 중 열 손가락 안에 꼽히는 중요한 문파다.

두 가문의 막연한 인연은 송가장이 칠마의 난에 참여할 때부터 시작되었다.

송가장의 젊은 장주 송유목이 가문의 부흥을 위해 젊은 나이에도 불구하고 십육마문을 상대로 목숨을 걸고 싸울 때, 감포 육가장의 장주 육사평은 송유목과 의기투합해 수많은 사선을 함께 넘었다.

그때 다져진 끈끈한 관계로 인해 이후 육사평은 구패의 일원으로 성장하는 송가장의 충실한 조력자가 되길 자처했다.

스스로는 천하의 패권을 다툴 능력이 되지 않음을 알고 있던 그로서는 송가장의 부흥에 기대어 한 지방의 패권 정도는 차지할 수 있을 것이라 판단했던 것이다.

그 판단은 현명했다.

칠마의 난이 끝난 이후 송가장이 불사 나왕 등의 도움으로 천하구패의 지위에 오르자 육가장 역시 황하 중류의 감포 지역에서 패자의 위치를 차지할 수 있었다.

물론 송가장이 구패에 오르기까지 감포 육가장도 가문의 모든 것을 내놓고 송가장을 도왔다.

그래서 송가장의 무인들도 감포 육가장의 총관이라면 함부로 대할 수 없었다.

"육가장이 공격받고 있소. 어서 장주를 뵈어야 하오."

육가장의 총관 이삼이 숨을 헐떡이며 말했다.

"육가장이 공격을 받아요? 대체 누가……?"

"정체를 알 수 없소. 그러니 어서!"

이삼이 경비 무사 전통을 재촉했다.

"알았습니다. 들어가시지요."

전통이 급히 문을 열고 이삼에 앞서 송가장주 송유목의 거처인 청류헌으로 달리기 시작했다.

최근 청류헌의 분위기는 무겁게 가라앉아 있었다.

오늘 역시 마찬가지였다. 그들의 가장 충실한 조력자인 육가장이 공격당했다는 소식이 아직 전해지기 전임에도 그랬다.

이 무거운 분위기는 벌써 보름 이상 계속되고 있었는데, 천산에서의 소식이 풍문을 타고 송가장에 전해진 그때부터 시작된 우울함이었다.

전신극의 고수 대량, 그가 벌인 천산에서의 무서운 살행. 천산으로 갔던 무림의 거의 모든 고수들이 목숨을 잃었고, 불사 나왕의 활약 덕분에 그나마 전신극의 고수를 물리쳤다는 소문이 사람보다 빨리 천산에서 날아와 강호에 퍼졌다.

그 풍문 속에서 죽거나 멸문한 강호의 고수들과 문파의 이름도 몇몇 전해졌는데, 그 안에는 송가제일검이라 불리는 송옥의 이름도 포함되어 있었다.

송옥의 죽음은 송가장의 무인들에게 엄청난 충격을 주었다.

불사 나왕이 송가장을 떠난 이후 송가장은 송옥의 검에 의지해 성세를 유지하는 상황이었다.

나왕이 떠난 이후 송가장은 여러 곳에서 자신들의 이익을 도전받았다. 그때 나왕의 자리를 대신한 사람이 송가제일검 송옥이었다.

송유목의 부탁으로 은거를 깨고 나온 이 전대의 노고수는 나왕 못지않은 무공으로 송가의 이익에 도전하는 문파들을 제압했고, 나왕보다 더한 독심으로 그들의 뿌리를 뽑았다.

그로 인해 구패로서의 송가장의 위치가 나왕의 부재 이후에도 흔들리지 않을 수 있었던 것이다.

그 송옥이 죽었으니 송가장으로서는 가문의 기둥 하나를 잃은 것이나 다름없었다.

그러나 사실 송옥의 죽음보다 더 송가장주 송유목과 그 부인 금수련을 근심에 빠뜨리는 일이 있었다.

두 사람의 유일한 혈육인 송검산의 생사가 불분명하다는 것이 그것이었다.

송가장을 이어갈 유일한 후계자, 두 사람이 세상에서 가장 귀하게 여기는 사람이 바로 송검산이었다.

그런 송검산이 생사불명이 되었다는 것을 전해 듣는 순간 두 사람은 다른 어떤 문제도 귀에 들어오지 않았다.

그런데 그런 두 사람조차도 송검산의 일을 잊고 귀를 기울일 수밖에 없는 소식이 전해졌다.

"감포 육가장이 공격을?"

송가장주 송유목이 믿을 수 없다는 표정으로 물었다.

"그렇습니다."

육가장의 소식을 전하러 온 총관 이삼이 고개를 숙이며 대답했다.

"대체 누가?"

"정체를 알 수가 없습니다. 오 일 전 밤에 공격을 당했는데, 워낙 신출귀몰, 더군다나 본 가의 퇴로를 속속들이 알고 있어 현재 문주께서는 장원 비처에 가족분들을 숨기고 옥쇄를 하고 있는 실정입니다. 서둘러 구원군을 보내지 않으면……."

전멸을 면치 못할 것이라는 말은 하나 마나 한 말이었다.

이삼의 간절함이 그의 눈과 표정을 통해 송유목에게 전해졌다.

그러나 송유목은 쉽사리 육가장에 구원군을 보내는 문제를 결정하지 못했다.

송옥의 죽음과 송검산의 생사불명, 이런 상황에서 함부로 가문의 전력을 움직이는 것은 위험하다.

또한 누군가 송가장을 노리고 육가장을 공격한 것이라면, 육가장에 고수를 파견하는 순간 송가장이 역으로 공격받을 수 있었다.

송가장과 육가장의 관계는 무림인이라면 누구나 아는 사실, 그럼에도 육가장을 공격했다는 것은 적들이 송가장도 노리고 있다는 의미하기 때문이다.

하지만 구원하지 않을 수도 없었다. 구원을 청하는 상대가 다른 곳도 아닌 육가장이기 때문이다.

만약 육가장을 구원치 않으면 송가장과 우호적인 인연을 맺고 있는 강호의 무가들이 향후 송가장과 인연을 끊을 것이다.

그렇게 고립무원이 되어선, 송가장은 더 이상 천하구패의 위치를 유지할 수 없게 된다.

천하구패라는 위치는 송가장 혼자의 힘으로 유지하는 것이 아니었다. 수십 개의 무가들이 송가장을 돕기에 가능한 일이었다.

"후우……!"

송유목이 길게 숨을 내쉬었다.

평소 지략가임을 자처하는 송유목이지만 지금은 쉽게 결정을 내리기 어려웠다.

"장주! 부디 도움을 주십시오."

육가장의 장주 이삼이 다시 머리를 조아렸다. 부탁을 하는 말투지만 사실은 동맹으로서의 요구일 수도 있었다.

결국 송유목도 현실을 인정할 수밖에 없었다.

"게 누구 있느냐?"

송유목이 문 쪽을 보며 소리쳤다.

"예, 장주!"

중년 무인 한 명이 문을 열고 들어왔다.

"반시진 안에 송가칠협을 모두 소집한다. 외부에 나가 있는 사람까지. 당장 소식을 전하라."

"예. 장주!"

중년 사내가 서늘한 송유목의 표정에 놀라 급히 문을 닫고 나갔다.

불사 나왕, 송가제일검 송옥 등 송가를 대표하던 고수들은 강호에서 절대의 경지에 오른 고수들로 널리 알려져 있었다.

그러나 송가를 제대로 아는 사람들은 송가를 지탱하는 것이 그들처럼 세상에 이름난 고수들뿐 아니라 일곱 명의 충신들이 있기 때문이란 것을 알고 있었다.

송가칠협으로 불리며 오래전부터 송유목의 손과 발이 되어온 사람들. 한 사람, 한 사람의 무공도 뛰어나지만 송가장에 대한 충성심은 다른 사람들과 비교할 수 없는 사람들이 그들이었다.

그들은 평소에 송유목을 대신해 각자 임무를 맡아 송가의 대소사들을 챙겼는데, 그런 그들이 오늘 한자리에 모였다.

물론 칠협의 가장 윗자리를 차지하던 송가제일검 송옥이 빠진 여섯 사람뿐인 칠협이었다.

"장주님! 지금 장원의 전력을 움직이는 일은 극히 위험합니다."

송옥이 없다면 송가칠협의 맏이를 차지하는 비검 장편이 신중한 표정으로 송유목에게 말했다.

"알고 있소. 육가장을 공격한 것이 바로 우리 송가장을 노리고 한 일이라는 것을."

송유목이 대답했다.

"그런데도 육가장에 사람들을 보내시려는 겁니까?"

"어쩔 수 없소. 육가장을 구원하지 않으면 향후 우리 송가장은 강호에서 어떤 우군도 만들 수 없을 것이오. 다른 문파라면 모르지만 육가장을 포기할 수는 없소."

송유목은 단호했다.

육가장을 포기하는 순간 송가장의 힘을 만들어온 강호의 인맥들이 모두 잘려 나간다는 것을 알기 때문이었다.

"나 역시 장주님의 생각에 동의해요. 어쩔 수 없는 상황이에요. 육가장을 구원하는 일과 장원을 지키는 일 두 가지를 동시에 해내야 해요."

송가장의 안주인인 금수련이 송유목의 결정을 지지했다.

송유목과 금수련의 의지가 확고하자 비검 장편 역시 더 이상 반대를 하지 못했다.

"하면 얼마나 보낼 생각이신지……?"

칠협의 일인 도검 이의상이 물었다.

도검 이의상은 칠협 중에서도 신중하고 행보가 무겁기로 유명한 인물이었다.

"생색은 내야겠지."

송유목이 대답했다.

순간 칠협의 눈빛이 반짝였다. 송유목의 말속에서 그의 속내를 읽었기 때문이다.

송유목은 형식적인 구원군만 보낼 생각인 것이다.

육가장의 지원 요청을 거절할 수 없으니 사람은 보내겠지만,

그렇다고 송가장의 안전이 위협받을 정도의 전력을 보낼 생각은 없는 것이다.

간교한 판단이지만 송가장 입장에서는 가장 현명한 판단이기도 했다. 그리고 무림이란 곳이 본래 이런 술책은 흠이 되지 않는 곳이다.

"그런 수도 있었군요."

비검 장편이 송유목의 생각에 동의하듯 고개를 끄떡였다.

"비검과 도검께서 가주시오. 문도 삼십을 데려가시오."

송유목이 자신의 뜻을 이해한 비검 장편에게 말했다.

"알겠습니다. 문주님의 뜻대로 이뤄질 겁니다. 빠른 자들을 추려 말을 타고 가겠습니다."

"그렇게 하시오. 전서구를 두 시진에 한 번씩 날릴 것이오."

"알겠습니다. 언제든 돌아올 준비를 하겠습니다."

비검 장편이 다부진 표정으로 대답했다.

그러자 송유목이 칠협 모두를 돌아보며 말했다.

"강호의 분위기가 심상치 않소. 비단 천산에서 발생한 혈사뿐 아니라 십육마문의 잔당들도 준동하기 시작했다는 소식이 있소. 그런 와중에 정체를 알 수 없는 자들이 감포 육가장을 공격했소. 이는 결코 단순한 문제가 아니오. 문도들의 외부 출입을 제한하고 장원으로부터 사방 십 리 안의 경계를 강화하시오."

"옛, 장주!"

"또한 강호에 나가 있는 문도들에게 각별히 강호의 정세를 살피라 전하시오."

"알겠습니다."

송유목의 당부에 칠협이 심각한 표정으로 대답했다.

*　　　*　　　*

두두두!

말을 탄 무인들이 빠르게 산을 내려와 작은 강을 건넜다. 서른 필이 넘는 무리였으나 석양이 지고 있어 그 숫자는 더 많아 보였다.

말 탄 무인들이 사라지고 강물이 잔잔해질 무렵 일단의 무리가 산길 아래쪽에 모여들었다.

"서른… 간교한 자, 후후……."

싸늘한 웃음을 흘리는 초로의 노인이 비웃음을 흘렸다.

"그래도 칠협 중 둘이 빠졌으니 성공 아니오?"

마치 어둠에 싸인 듯한 노인이 되물었다.

"그렇긴 하지만 그래도 송가장의 팔다리라는 육가장인데 겨우 서른… 생색만 내겠다는 의미 아니겠소."

처음 비웃음을 흘린 노인의 말했다.

"그렇긴 하구려. 어쨌든 그 정도라도 일이 한결 수월해질 거요."

"하긴 그렇구려."

어둠 속의 노인 말에 차가운 인상의 노인이 대답했다.

"일선께서 명하시길 무리하면서까지 송가장의 전멸을 원치는 않는다고 하셨소. 단지 더 이상 구패의 지위를 지킬 수 없는 정도의 타격이면 족하다 하셨으니 송가장에 들어가 있는 교의 사람들을 이용해 몇 군데 불을 놓고, 칠협 중 일부를 제거하면 원하는 바를 얻을 수 있을 것이오."

어둠 속의 노인이 말했다.

"불을 놓은 것은 내가 맡을 테니 칠협의 일부를 제거하는 것은 사선께서 수고해 주시오. 물론… 송가장의 장주를 벨 수 있다면 더 좋겠지만……."

"하하, 동 노사의 호승심은 여전히 대단하시구려. 좋소이다. 일단 그렇게 합시다. 그게 각자에게 익숙한 일이니."

어둠 속의 노인이 대답했다.

"그런데 참 이해할 수가 없구려."

서로가 할 일을 정한 뒤에 차가운 인상의 노인의 고개를 갸웃하며 말했다.

"무엇이 말이오?"

"왜 굳이 일선께서는 송가장을 공격하라 하시는지… 이유가 없질 않소이까? 본 교에 위협이 되는 자들도 아니고. 위협이라면 오히려 십이천문이라는 그 이상한 청부문이 위협이 되지……."

"십이천문이 비록 본 교의 비밀을 어느 정도 알고 있다고 해도 겨우 열 명이 되지 않은 작은 문파요. 일선께선 그들에 대해서는 크게 걱정하시지 않는 듯한 인상이었소."

"그건 그렇다 치고 그럼 송가장은 왜……?"

"어쩌면 십이천문에 속한 불사 나왕의 존재를 염두에 둔 결정일 수도 있지 않겠소?"

어둠 속의 노인이 대답했다.

"음, 불사 나왕이 과거 송가장의 사람으로 있었던 것을 말씀하시는 것이오?"

"그렇소."

"하지만 그는 송가장을 떠나지 않았소이까? 그것도 들리는 소문에 의하면 유쾌하지 않은 이별이었다고 하던데……."

차가운 인상의 노인이 반문했다.

"물론 그렇다고 해도 불사 나왕에게 송가장에 대한 정이 없겠소? 자신이 송가장을 구패로 만든 것이나 다름없는데. 그에 대한 경고로서 송가장을 몰락시키는 것은 그리 나쁘지 않은 경고일 거요. 그리고……."

"달리 짐작 가시는 일이라도……?"

차가운 인상의 노인이 물었다.

"어쩌면 이 일은 불사 나왕과는 아주 관계가 없는 일일 수도 있소. 지난번에 일선을 만났을 때의 느낌이지만 일선께선 좀 더 큰 그림을 보시는 것 같았소."

"큰 그림이라면……?"

"무림의 판을 흔들고 싶어 하시는 것 같았소. 그 이유는 정확히 모르겠지만."

어둠 속의 노인이 말하자 차가운 인상의 노인 얼굴이 굳어졌다.

"강호의 혼란. 무엇을 위해서 말이오?"

차가운 노인이 반문했다.

"그야 나도 모르오. 하지만 어쨌든 최근 들어 강호의 정세가 심상치 않은데 오늘 이 일 역시 그런 강호정세와 연관이 있는 것 아닌가 싶구려. 어쨌든, 명이 내려왔으니 시작합시다. 사실 그동안 너무 무료하지 않았소?"

"후후, 하긴 그렇구려. 지난 이십 년… 너무 조용하긴 했지. 이젠 한 번쯤 다시 무림의 혼란을 즐길 때가 되긴 했소이다."

차가운 인상의 노인이 한 줄기 미소를 지었다. 그 미소가 섬뜩하기 이를 데 없다.

"갑시다. 다른 생각은 말고 오늘 밤을 즐깁시다."

"하하하, 역시 사선이시오. 이런 일을 즐거움으로 받아들이시다니."

"그건 오선께서도 마찬가지 아니오?"

어둠 속의 노인이 되물었다.

"후후, 맞소이다. 나 역시 적지 않게 흥분되는구려. 송가장이라… 얼마 만에 느끼는 흥분인지……."

다른 때보다 배가 넘는 숫자의 횃불이 장원을 밝히고 있었다. 덩달아 경비를 서는 무사의 숫자도 부쩍 늘어났다.

송가장은 하루 사이에 철옹성으로 변해 있었다. 강호의 어떤 세력이라도 단독으론 절대 공략할 수 없을 치밀한 방비를 하고 있는 송가장이었다.

송가장의 무사 중 삼 할이 주변 경계에 나서고 있었고, 일부는 장원으로부터 십 리 밖까지 살피고 있었다.

삭!

"컥!"

어둠 속에서 나직하게 신음 소리가 일어났다.

뒤를 이어 비명을 흘린 자의 입을 막는 손이 그의 신음 소리가 멀리 퍼져 나가는 것을 막았다.

잠시 후 입을 막은 손이 사라지자 신음을 흘린 자가 그대로 땅 위에 너부러졌다.

그렇게 한 사람이 죽자 갑자기 그의 주검 주위로 여러 명의 인영이 나타났다.

"과연 사선이시오. 사선께서 있으시니 송가장에 접근하는 것은 일도 아니구려. 죽음의 령(死令)이라는 별호가 실감이 나는구려."

차가운 인상의 노인에게서 어울리지 않는 감탄사가 흘러나왔다.

사령 무령사, 신화밀교의 칠선 중 일인이자 강호에서 살수들의 왕으로 불리는 자의 솜씨는 누구라도 감탄하지 않을 수 없었다.

"과찬이오. 오랜 만에 직접 손을 쓰니 어색하구려."

사령 무령사가 어둠 속에서 희미한 미소를 지었다. 그 미소가 차가운 공포심을 일으킨다.

"송가장까지 접근하는 일은 사선께서 수고하셨으니 송가장을 혼란에 빠뜨리는 것은 약속대로 내가 맡겠소."

"하하, 오늘 천면객 환술의 진수를 볼 수 있는 것이오?"

"후후, 나 역시 오랜만에 하는 일이라 어찌 될지 모르겠지만 한번 해봅시다."

냉막한 인상의 노인이 미소를 한 번 짓더니 한순간 자신의 손으로 얼굴을 쓰다듬었다.

그러자 그의 얼굴이 순식간에 다른 사람의 얼굴로 변했다.

"먼저 가리다."

얼굴을 바꾼 노인이 훌쩍 숲을 벗어나 급히 송가장으로 걸음을 옮기기 시작했다.

그런 노인을 보며 무령사가 나직하게 탄식을 흘렸다.

"과연 천면객… 어느새 비검 장편의 얼굴을 준비했을까. 누구라도 속지 않을 수 없겠구나."

송가장으로 다가가는 차가운 인상의 노인은 어느새 송가장 칠협의 일원인 비검 장편의 얼굴을 하고 있었다.

그래서 한밤중에 그를 맞이한 송가장의 경비 무사들은 그의 등장에 놀랄지언정 그를 경계하지는 않았다.

"어떻게 비검께서……?"

송가장의 정문을 지키던 무사들이 놀란 얼굴로 비검 장편을 맞았다.

육가장을 구원하기 위해 서른 명의 고수들을 이끌고 출문했던 비검이 한밤중에 홀로 나타났으니 놀랄 수밖에 없었다.

"장원에는 아무 일 없는가?"

비검 장편이 심각한 표정으로 물었다.

"그렇습니다. 특별한 일은 없습니다만……."

"음, 그래? 다행이군."

"육가장으로 가지 않으셨습니까?"

"애초에 난 중도에 돌아올 생각이었네."

장편이 대답했다.

"아, 그러셨군요. 만약에 있을지도 모를 적의 공격을 대비한 거군요. 허허실실……."

"그 정도만 알아두게. 내가 온 것을 달리 알리지는 말고."

"예."

경비 무사가 마치 큰 비밀을 지켜야 하는 사람처럼 정색을 하며 대답했다.

그러자 장편이 고개를 한 번 끄떡이고는 정문 옆에 난 작은 쪽문을 열고 안으로 들어갔다.

정문을 지키는 송가장의 경비 무사들은 누구도 그런 장편의 행동을 막지 않았다.

장편이 장원 안으로 사라지자 그를 맞았던 경비 무사가 동료들에게 주의를 줬다.

"모두 경계를 늦추지 말게. 비검께서 돌아오신 것도 입에 올리지 말고."

"알겠습니다. 조장!"

정문을 지키는 무사들이 나직하게 대답했다.

"무사히 들어갔군. 역시 천면객! 무서운 사람이야."

송가장으로부터 삼십여 장 거리의 숲에서 천면객 동은상이 비검 장편의 얼굴을 하고 장원 안으로 들어가는 것을 지켜보고 있던 사령 무령사가 나직하게 감탄사를 흘렸다.

그의 뒤쪽으로 검은 무복에 검은 복면을 한 신화밀교의 사신(死神)들이 줄지어 늘어서 있었지만, 그 누구도 감히 칠선의 한자리를 차지하고 있는 무령사의 말에 대꾸하는 사람이 없었다.

"모두 준비하거라. 송가장에서 불길이 일어나면 진입한다. 목표는 칠협… 송가장주면 더 좋겠지만 욕심을 내지 마라."

무령사가 돌덩이처럼 침묵을 지키고 있는 사신들에게 낮게 명했다.

그러자 복면인들이 일제히 고개를 숙이는 것으로 대답을 대신했다.

"즐거운 일이야. 아주 오랜만에… 세상이 혼란할수록 나와 같은 사람은 즐거운 법이지. 이번 혼란은 얼마나 가려나. 이 피 내음의 향기로움을 얼마나 즐길 수 있을 것인가?"

무령사가 손을 들어 가볍게 공기를 훔쳐 코에 가져다 대며 중얼거렸다.

화르륵!

송가장의 중심에서 불길이 솟구쳐 오른 것은 천면객 동은상이 송가장으로 들어간 지 정확히 이각이 지난 후였다.

불은 송가장의 병장기와 식량들을 모아둔 창고에서 먼저 일어났다.

무가에서 병기와 식량은 무엇보다 소중한 것이어서 일단 불길이 일어나는 순간 송가장의 모든 관심은 창고로 향했다.

"불이야!"

"창고에 불이 났다. 얼른 물을 준비해!"

누군가의 외침이 터져 나오는 순간부터 송가장은 일대 혼란에 빠졌다.

대체 삼엄한 경비가 세워진 곳에서 어떻게 불이 났는지 알 수 없는 일이지만, 어쨌든 화염은 이미 하늘 높이 치솟고 있었고, 불길은 순식간에 창고를 지나 다른 건물로 이어지고 있었다.

"서둘러!"

"모든 물통을 가져오란 말이야!"

곳곳에서 사나운 목소리가 연신 터져 나왔다.

그러나 한 번 타오르기 시작한 불길은 쉽사리 잡히지 않았다. 아니, 오히려 마치 누군가 일부러 불길을 이동시키는 것처럼 점점 더 뜨거운 불길들이 송가장을 덮치고 있었다.

"가자."

송가장의 절반 이상이 불길에 휩싸일 때까지 기다린 사령 무령사가 짧게 명을 내리고는 스스로 가장 앞서서 숲을 벗어났다.

그의 뒤를 따라 신화밀교의 비밀스러운 살수 집단인 사신들이 그림자처럼 송가장을 향해 질주하기 시작했다.

"누구… 컥!"

마음속의 말이 모두 입 밖으로 나오기도 전에 송가장 경비 무사가 나직한 신음과 함께 쓰러졌다.

날카롭게 번뜩이는 비도, 그 비도가 송가장 경비 무사의 목에 박혀 있었다.

"욱!"

"큭!"

연이어 비명 소리가 터져 나왔다.

앞서 죽은 동료의 죽음을 확인하기도 전에 정문을 지키던 경비 무사 두 명이 다시 땅에 쓰러졌다.

그리고 그때서야 다른 경비 무사들의 외침이 터져 나왔다.

"적이다!"

"기습이다!"

정문 좌우로 줄지어 늘어선 경비 무사들이 고함을 지르며 정문으로 쇄도하는 적을 향해 달려왔다.

그러나 그들을 맞이한 건 사신이었다.

팟!

사령 무령사의 날카로운 검이 밤공기를 갈랐다.

화광충천한 송가장의 불빛에 반사된 검날이 무서운 속도로 번쩍였다. 그 순간 그를 향해 달려들던 두 명의 송가장 무사가 비명도 없이 쓰러졌다.

강호살수들의 제왕이라는 명성에 부족하지 않은 살검이다.

이후 나머지 공격은 굳이 무령사가 대응할 필요가 없었다. 어느새 그의 곁으로 다가선 신화밀교 사신들이 송가장의 무사들을 상대하기 시작했기 때문이다.

"들어간다."

송가장의 무사들을 사신들에게 맡긴 무령사가 망설이지 않고 장원 안으로 들어갔다.

송가장의 무사들을 막는 사신들을 제외한 나머지 사신들이 그의 뒤를 따라 거침없이 송가장으로 진입했다.

쾅!

거칠게 대전의 문이 열렸다.

문을 열어젖힌 사람은 송가장주 송유목, 그의 뒤를 따라 긴장한 듯한 금수련의 모습도 보인다.

"적이라고?"

"그렇습니다. 정문이 뚫린 듯합니다."

급히 청류헌으로 달려온 정의검 송정이 대답했다.

송가칠협의 일인이자 송가의 핏줄인 정의검 송정은 비검 장편이 장원을 떠난 이후 송가장의 경비를 총괄하고 있었다.

"불은?"

"쉽지 않습니다."

송정이 어두운 낯빛으로 대답했다.

"물이 없는 것도 아니고 왜 불길을 잡지 못하는 건가요?"

금수련이 물었다.

"누군가 작정을 하고 불을 놓은 것 같습니다. 기름과 염초가 사용되었습니다."

송정이 대답했다.

"기름과 염초라니… 장원으로 들어왔다면 내부에 밀통하는 자가 있었다는 이야긴가?"

송유목이 눈을 가늘게 뜨며 물었다.

"아마도 그런 듯합니다. 필시 장원 안에 배신자가 있는 것이 분명합니다."

"후우… 어렵군. 배신자와 방화, 그리고 기습이라. 누가 막고 있는가?"

"청류가 막고 있습니다."

"음… 혼자로는 힘들 것, 내가 간다."

"당신이 직접 가겠다고요?"

금수련이 놀란 얼굴로 송유목을 바라봤다.

송가장이 구패의 위치에 오른 이후 송유목이 직접 도검을 잡고 싸움에 뛰어든 경우는 거의 없었다.

"상황이 좋지 않소. 비검과 도검이 육가장으로 떠났소. 싸울 수 있는 사람이 그리 많지 않소. 도향, 홍빙!"

송유목이 칠협의 다른 이인이자 여인들인 도향과 홍빙을 불렀다.

"예, 장주!"

금수련의 뒤에서 초로의 얼굴을 한 두 여인이 대답을 하며 앞으로 나섰다.

두 여인은 처음부터 송가장의 사람은 아니었다. 그러나 금수련을 따라 송가에 들어온 이후에는 그 누구보다 송가장에 충성하는 여고수들이었다.

"두 사람은 이 사람과 식솔들을 지킨다."

"예, 장주!"

두 여인이 애초부터 자신들이 할 일이라는 듯 즉시 대답했다.

"부인께서는 청류헌을 잘 지켜주시오. 다른 곳은 몰라도 청류헌이 불타는 일은 없어야 하오."

송유목이 마지막으로 금수련에게 말했다.

"알겠어요. 당신도 조심하세요."

"걱정 마시오. 비록 기습을 당했다고 해도 여긴 강호구패 송가장이오."

송유목이 걱정하는 금수련을 안심시키고는 청류헌을 나서며 소리쳤다.

"따르라. 감히 송가장을 침범한 자들은 단 한 놈도 살려 보내지 않겠다."

"옛, 장주!"

송유목의 오랜 심복들이 일제히 대답을 하며 검을 뽑아 들고 송유목을 따라 나섰다.

그 모습을 보고 있던 금수련이 씁쓸한 표정을 지으며 중얼거렸다.

"이런 일이 일어나고 보니 그자가 무척 아쉽구나."

그녀의 입에서 나온 그자가 한때 송가장의 든든한 산이었던 불사 나왕을 말하는 것임을 모르는 사람은 없었다.

"이놈들!"

송가칠협의 일인인 청류 도일상은 흑의 복면인들을 맞아 고군분투하고 있었다.

무공 자체는 아주 고강한 것은 아닌 듯 보이는 복면인들이었지만 살법에 능하고 특히나 서너 명이 함께 살진을 펼치면 절정고수라도 쉽게 벗어날 수 없을 만큼 강력했다.

그 살진에 걸린 송가장의 무인들 십수 명이 이미 죽어나갔다.

그러나 그보다 더 무서운 일이 있었다. 아니, 무서운 일이라기보다는 무서운 자가 있었다.

검은 구름에 휩싸인 듯한 괴인, 그 괴인이 검을 휘두를 때마다 송가장의 무인들이 속절없이 쓰러졌다.

한눈에 봐도 절대의 고수, 비록 칠협의 일원으로 절정의 무공을 자랑하는 청류 도일상이지만 감히 자신이 상대할 수 없는 고수가 분명했다.

그래서 그는 송가장의 무인들을 동원해 흑의 복면인들을 막아서면서도 연신 뒤를 돌아봤다.

괴인의 무공을 상대할 자신이 없는 그로서는 조금이라도 빨리 장주 송유목이 오기를 기다릴 수밖에 없었다.

그런데 그런 도일상에게 뜻밖의 구원자가 나타났다.

“아우, 고생이 많네. 내가 도움세.”

도일상에게 다가서는 자는 그가 생각지도 못했던 인물, 비검 장편이었다.

육가장을 구원하러 나간 비검 장편이 갑자기 송가장에 나타난 것은 의문스러운 일이었지만, 상황이 워낙 다급해 도일상은 의심보다 반가움이 앞섰다.

“형님! 어떻게 이곳에…….”

도일상이 반가운 얼굴로 장편에게 다가섰다.

그런데 그 순간 장편의 왼손이 도일상의 손을 맞잡는 듯하더니 갑자기 반대편 오른손이 도일상의 가슴을 후려쳤다.

쾅!

“악!”

도일상의 입에서 날카로운 비명이 터져 나왔다.

도일상의 몸이 허공으로 떠오르는가 싶더니 한 무더기의 피를 토해내며 땅바닥에 나뒹굴었다.

“모두 죽여라!”

비검 장편의 손에 도일상이 죽는 믿을 수 없는 광경에 넋이 빠진 송가장의 무인들을 가리키며 사령 무령사가 차갑게 명령했다.

그러자 신화밀교의 사신들이 당황한 송가장의 무인들을 베어

넘기기 시작했다.

"악!"

"크악!"

사방에서 송가장 무인들의 비명 소리가 터져 나왔다.

밤하늘로 솟구치는 화염, 끝없이 이어지는 비명 소리, 송가장은 그야말로 아비규환에 빠졌다.

그리고 그 혼란스러움의 한가운데를 중년 사내가 이를 갈며 질주했다.

송유목이었다.

"멈춰라, 이놈들!"

송유목의 검이 허공에 푸른 검기를 만들어냈다.

쐐애액!

송유목의 검기가 닿은 곳에서 한 줄가 핏줄기가 솟구쳤다. 복면인 한 명의 머리가 몸과 분리되어 허공으로 날아갔다.

"모두 죽여주마!"

분노한 송유목의 검이 사방으로 뻗어나갔다. 그때마다 여지없이 신화밀교의 사신들이 땅에 쓰러졌다.

덕분에 전세는 단번에 바뀌기 시작했다.

어느새 정신을 차린 송가장의 무사들이 송유목을 도와 반격을 하기 시작했다.

기습의 이점이 사라진 이상 신화밀교의 사신들이라 해도 구패의 일원 송가장의 고수들을 쉽게 상대할 수는 없었다.

싸움이 드디어 균형을 맞추기 시작한 것이다.

"어쩌시겠소?"

호랑이처럼 날뛰는 송유목을 보며 비검 장편의 얼굴을 한 천면객 동은상이 물었다.

"글쎄올시다."

무령사가 망설였다. 송유목과 일검을 겨룰 것인가를 결정하지 못한 것이다.

"이쯤에서 물러나는 것도 나쁘지 않소. 적어도 송가장의 삼할은 무너졌으니 더 이상 구패 운운하지는 못할 거요. 그렇게 되면 다른 야심가들이 송가장을 공격하게 될 것이고……."

"그렇긴 한데……."

무령사가 말꼬리를 흘렸다.

그러자 동은상이 희미하게 미소를 지었다.

"살수의 전설 사령의 살행 목록에 송유목이라는 이름도 올리고 싶으신 모양이구려."

"쉽게 만날 수 없는 사냥감이긴 하오."

무령사가 부인하지 않았다.

"하지만 지금 그를 상대하기에는 상황이 좋지 않소. 송가장의 무인들이 사령께서 그를 상대하게 놔두지 않을 것이오. 이미 정신들을 차린 것도 같고."

동은상이 사령 무령사의 전의를 제지했다.

물론 무령사 역시 치기 어린 어린애는 아니었다. 하지만 그렇다고 쉽게 송유목을 죽일 기회를 포기하지도 않았다.

"좋소. 이쯤에서 물러나는 것으로 합시다. 육가장으로 가던 자들도 일선께서 손을 써놓아 몰살시켰을 것이니 송가장은 다시는 구패의 위세를 회복하지 못할 것이오. 다만… 마지막으로 저자의 운을 시험해야겠구려."

무령사가 송유목을 노려보며 말했다.

"진정 검을 들려 하시오?"

동은상이 걱정스러운 표정으로 물었다.

사령 무령사의 실력을 못 믿는 것은 아니지만 그래도 송가장 안에서 송가장주 송유목과 검을 맞대는 것은 극히 위험한 일이다.

"걱정 마시오. 그와 검을 섞을 일은 없소. 난 살수요. 살수가 목표를 제거하는 데 반드시 검을 쓰지는 않소. 이것 하나로 그의 운을 시험해 봅시다."

무령사가 허리춤에서 크기가 작은 검은색 철궁을 꺼내 들었다.

철궁의 크기가 너무 작아서 과연 화살을 날릴 수 있을지 의심스러울 정도였다.

"흑사궁(黑死弓)!"

동은상이 흠칫 놀라며 읊조렸다.

흑사궁은 무령사의 독문병기로 일단 목표를 향해 화살을 쏘면 도저히 피할 수 없는 죽음의 철궁으로 유명했다.

분노에 빠져 정신이 없는 송유목을 죽이기에는 아주 적당한 살인병기였다.

무령사가 허리춤에서 팔뚝 길이 정도의 검은 화살을 꺼내 흑사궁에 걸었다.

그리고는 큰 고함 소리와 함께 전광석화처럼 송유목을 향해 화살을 쏘아 보냈다.

"사신들은 모두 물러난다. 약속한 장소에서 보자!"

쐐애액!

무령사의 사자후 같은 명령이 퍼져 나가는 것과 동시에 그가 쏘아낸 검은 화살이 날카로운 파공음을 일으키며 송유목의 심장을 향해 날아갔다.

제4장 대혼란의 시작

날카로운 파공음, 어둠에 숨은 실체, 그리고 강력한 파괴력!

지잉!

흑사궁으로 쏘아낸 무령사의 화살이 심장을 파고드는 순간 송유목이 기형적으로 몸을 틀며 본능적으로 검을 들어 화살을 비껴냈다.

거북한 마찰음이 일어나고 화살의 방향이 틀리는가 싶었는데, 여전히 힘이 남아 있던 화살이 검신을 타고 올라 그대로 송유목의 어깨에 박혔다.

퍽!

"윽!"

어깨에 화살을 맞은 송유목이 묵직한 신음 소리와 함께 휘청거렸다.

작은 화살이지만 화살에 실려 있는 힘은 천 근이다. 구패의 주인인 송유목조차 흔들리지 않고는 견딜 수 없었다.

"운이 좋구나."

멀리서 검은 어둠에 휩싸인 자의 목소리가 들렸다.

그의 수하들은 이미 송가장을 벗어나고 있었지만, 그는 홀로 남아서 자신이 쏜 화살이 어떤 결과를 만들어냈는지 두 눈으로 확인하고 있었다.

"놈!"

송유목이 완전히 파괴된 듯한 어깨의 고통도 잊고 성한 팔로 검을 고쳐 잡으며 괴인을 향해 달려갔다.

그러자 어둠 속에서도 괴인의 비릿한 웃음이 보였다.

"잠깐 운이 좋았지만, 그 운이 다하는 시간이 많지는 않을 게다. 화살에 독이 발려 있으니까. 극독이니 해독하기 어려울 것 같은데, 또 모르지. 송가장은 천하구패이니 그 독을 해독할 해약을 찾아낼지도. 그대의 운이 다하지 않았기를 바란다!"

어둠 속의 괴인이 조롱하듯 행운을 빌어주고는 그대로 어둠과 동화되며 장내에서 사라졌다.

"이노옴!"

송유목이 부상을 잊고 무서운 속도로 달려들어 괴인을 감싼 듯한 어둠을 베었으나, 그의 검은 허무하게 허공을 가를 뿐 괴인은 이미 자취를 감추고 없었다.

"욱!"

괴인이 사라졌다는 것을 확인한 송유목이 더 이상 고통을 견디지 못하고 한쪽 무릎을 꿇고는 손에 든 검을 놓고 왼쪽 어깨를 부여잡았다.

상처를 부여잡은 그의 손가락 사이로 검은 피가 흘러나왔다. 독에 의한 색의 변화다.

"장주!"

어느새 달려온 정의검 송정이 송유목을 부축했다.

"놈들은?"

"모두 물러갔습니다. 그보다 얼른 치료를 하셔야 합니다. 극독입니다."

"후우후우… 뒤를 부탁하네."

송유목이 가물거리는 눈으로 송정을 보며 말했다. 이미 극독의 기운이 뇌까지 침범하고 있는 모양이었다.

"걱정 마십시오. 모시겠습니다."

송정이 송유목을 들쳐 안고 일어났다.

그러고는 청류헌으로 달리며 소리쳤다.

"장원의 경계를 강화하고 불을 꺼라. 조의가에 사람을 보내 의원을 청하라!"

사람을 정하지 않고 명을 내린 송정이 대답을 듣기도 전에 청류헌 쪽으로 사라지고 있었다.

"손실은?"

사령 무령사가 무심한 표정으로 물었다.

그러자 그의 앞에 부복한 흑의 복면인이 대답했다.

"죽은 자가 열, 부상을 당한 자가 십여 명 됩니다."

"역시 송가장인가? 사신이 이 정도 피해를 입은 것은 처음인 것 같군."

무령사가 고개를 저었다.

"그래도 목적은 달성했으니 된 것 아니겠소?"

옆에서 천면객 동은상이 말했다.

"뭐, 그렇긴 하오만. 그나저나 육가장으로 간 자들은 어찌 되었는지 모르겠구려."

"그들이 살아 돌아올 수 있겠소? 일선께서 직접 손을 쓰기로 하셨는데……."

동은상이 벽산의 입구라고 할 수 있는 작은 강을 바라보며 말했다.

송가장을 급습했던 신화밀교의 무리들은 어느새 송가장으로부터 십여 리나 떨어진 강변에 나와 있었다.

이곳에서 그들은 육가장을 구원하기 위해 하산한 비검 장편과 도검 이의상 등 송가장 무사들이 떠나는 것을 확인하고 송가장으로 갔었다.

"그런데 참 이상한 일이오."

"뭐가 말이오?"

무령사의 말에 동은상이 되물었다.

"본 교의 일에서 우리 칠선이 이렇게 겉으로 드러난 적이 없었는데… 이번에는 굳이 왜 우리에게 직접 이 일을 지시한 것인지?"

"그야 송가장이 워낙 크고 강한 곳이니 어쩔 수 없었던 것 아니겠소?"

"그래도… 더군다나 본 교가 만들어진 이후 송가장 같은 강호

거대문파를 공격하는 것도 처음이고……."

"그럼 사선께선 일선께서 다른 생각을 하고 계시다는 뜻이오?"

동은상이 물었다.

그러자 무령사가 잠시 생각에 잠겼다가 입을 열었다.

"어쩌면 일선께서 이제는 신화밀교를 세상에 드러내려 하시는 것일지도 모르겠소. 어차피 십이천문 같은 청부문에게도 본 문의 존재가 알려졌으니 강호에 신화밀교의 소문이 퍼지는 것은 순식간일 것이오. 그러니 차라리 신화밀교를 강호에 알리고 무림의 강자로 자리매김하려는 것이 아닐지……."

무령사가 자신의 생각을 침착하게 말했다.

"그렇게 생각할 수도 있지만 본래 일선께선 무림의 패권에 초연한 분 아니오?"

"물론 그렇소. 그래서 나도 확신하지 못하는 것이오. 다만… 신화밀교의 존립을 위해 힘을 보여주는 것이 필요하다 느끼셨다면 이런 선택을 하실 수도 있다는 생각이 드는구려."

"흐흠… 그렇게도 생각할 수 있구려."

동은상도 이제는 무령사의 말에 일리가 있다는 것을 인정했다.

그러다가 문득 동은상이 무령사에게 물었다.

"사선(四仙)께선 이선(二仙)에 대해서 아시는 것이 있소?"

"이선이라… 그에 대해 자세히 아는 사람이 누가 있겠소. 오직 일선께서만 아실 거요."

무령사가 고개를 저었다.

"참 기이한 일이오. 일선에 이어 본 교의 제이인자인데 우리가 그의 진실한 신분을 모른다니 말이오."

"아마도 강호에서 제법 명망 있는 인물일 것이오. 그렇지 않다면 굳이 정체를 숨길 필요가 있겠소?"

무령사가 말했다.

그러자 동은상이 갑자기 심각한 표정으로 물었다.

"그런데 이렇게 정체도 모르는 인물을 과연 우리가 믿고 따를 수 있겠소?"

"음… 그건 나 역시 찜찜한 일이오. 신뢰라는 것이 바탕이 되어야 후계자로 인정을 할 수 있을 것인데."

"후우… 일선께선 어떤 생각인지 모르겠지만 좀 답답하구려. 정체도 제대로 모르는 사람을 후계자로 인정해야 할지……."

동은상이 고개를 저었다.

"그렇다고 일선의 뜻을 거스를 수도 없는 것 아니오."

"그렇긴 하지만……."

동은상은 조금 생각이 다른지 말꼬리를 흐렸다.

그런데 그때 문득 강변 반대쪽에 검은 그림자가 나타나더니 마치 물 위를 걷듯 빠르게 강을 건너 두 사람이 있는 곳으로 달려왔다.

"큰 스승님들을 뵙습니다."

강을 건너온 복면 무사가 두 사람 앞에 고개를 숙였다.

"일선께서 보내셨느냐?"

동은상이 물었다.

"그렇습니다."

"일은 어찌 되었느냐?"
"비검 장편과 도검 이의상은 죽었습니다."
"역시 그렇군. 그런데 일선께서 직접 손을 쓰셨느냐?"
동은상이 호기심을 드러내며 물었다.
"아닙니다."
"그럼 누가?"
"정확히는 모르겠으나 이선께서 손을 쓰셨다는 말을 들었습니다."
"이선께서?"
동은상이 놀란 표정으로 되물었다.
"그렇습니다."
"그럼 이선을 직접 본 사람들이 있겠구나?"
"그것이… 그분을 직접 본 사람은 없습니다."
"무슨 소리냐? 이선(二仙)이 장편과 이의상을 죽였는데 그를 본 사람이 없다니."
"워낙 순식간에 벌어진 일이고 얼굴을 가리고 계셔서……."
흑의인이 조심스럽게 대답했다.
"음, 얼굴을 숨겼다라… 참으로 어려운 사람인 듯하오."
동은상이 무령사에게 말했다.
"그러게 말이외다. 예전부터 밀교와는 일정한 거리를 두려는 듯한 인상을 받기는 했었소."
"속내를 알 수 없는 사람을 따라야 한다는 것이 참으로……."
동은상이 불평을 하다 말고 주변의 흑의 복면인들을 의식하고는 입을 닫았다.

그러자 사령 무령사가 소식을 가져온 흑의인에게 물었다.

"일선께서 따로 명을 내리셨느냐?"

"사신들은 흩어지고, 두 분께는 따로 연락을 하신다 했습니다."

"알겠다. 모두 들었겠지. 각자 본래의 신분으로 돌아가 대기한다. 강호의 사정이 혼란스럽고, 본 교의 행보 또한 다급할 수 있으니 각자의 거처에서 먼 외출은 삼가라."

"예, 큰 스승님!"

복면인들이 일제히 대답했다.

"좋아. 그만 돌아들 가라!"

사령 무령사가 명을 내리자 송가장을 공격했던 수십 명의 복면인들이 삼삼오오 어둠 속으로 사라졌다.

그렇게 복면인들을 흩어 보낸 무령사가 전갈을 가져온 흑의인에게 말했다.

"돌아가서 일선께 전하라. 모든 일은 원하시는 대로 이뤄졌다고. 송유목은 극독을 바른 화살을 어깨에 맞았고, 송가장의 칠협 중 청류 도일상은 죽었다고. 송가장의 절반이 불탔고, 아마도 죽은 자의 숫자가 일백에 육박할 것이다."

"알겠습니다, 큰 스승님!"

흑의인이 대답을 하고는 그가 건너온 강을 다시 건너 어둠 속으로 사라졌다.

그렇게 전령까지 사라지자 이제 강변에는 무령사와 동은상 두 사람만 남았다.

"우리도 갑시다."

여전히 언짢은 표정인 동은상에게 무령사가 말했다.

"그럽시다."

동은상이 굳은 표정을 풀지 않고 대답했다.

"기회를 봐 한번 일선께 말해봅시다. 이선을 정식으로 만나고 싶다고."

무령사가 동은상의 기분을 풀려는 듯 말했다.

그러자 동은상이 고개를 저었다.

"위험한 일이외다. 일선께서 스스로 이선을 소개할 때까지는 기다려야 하오. 그런 부탁이 일선의 권위에 도전하는 것으로 비춰지면 그땐……."

"하긴 그렇긴 하오. 우리에게 일선은 존경의 대상이기도 하지만 우리의 생사여탈권을 쥔 분이기도 하니."

"기다립시다. 그분이 말씀해 주실 때까지."

동은상이 조금은 기운 빠진 목소리로 말했다.

이후 두 사람은 천천히 강을 건넜다.

그리고 한바탕 혈사를 일으킨 벽산에서 유유히 멀어졌다.

*　　　*　　　*

무림이 진동했다.

무림의 아홉 기둥 중 하나라는 구패 송가장이 있는 벽산 인근에서 시작된 소문 때문이었다.

송가장에서 문도들의 입막음을 했다 해도 소문은 채 보름이 지나지 않아 전 무림에 퍼졌다.

송가장의 전력 절반 이상이 꺾였고, 칠협 중 세 사람이 죽었으며, 가주 송유목조차 치명적인 부상을 입고 사경을 헤매고 있다는 소식이었다.

근 이십여 년 동안 천하를 지배한 구패다.

누구도 구패의 권위에 도전하지 못했다.

구패는 무림맹을 지탱하는 기둥이었고, 무림맹은 무림을 통제했다.

그런 구패의 일원이 공격당했다는 것은 무림맹이 공격당했다는 의미나 마찬가지였다.

그리고 송가장은 하룻밤 새 전력의 절반 이상이 꺾였다.

이건 단순히 송가장에 국한될 사건이 아니었다.

송가장의 몰락을 시작으로 구패는 재편될 것이고, 구패가 재편되는 과정에서 무림에 어떤 생길지 예측하기 어려웠다.

다행히 송가장의 혈사가 잘 수습된다면 모를까, 그렇지 않고 그것이 도화선이 되어 무림의 야심가들이 다른 구패를 공격하게 된다면 그때는 칠마 십육마문의 난 이후 안정되었던 무림이 큰 혼란에 빠질 수도 있었다.

그래서 무림의 눈은 송가장의 혈사를 일으킨 자들의 뒤를 좇는 것과 동시에 송가장의 몰락이 가져올 야심가들의 등장을 주시하고 있었다. 그즈음 천산으로 향했던 십이천문의 고수들은 장안을 지나 낙양으로 향하고 있었다.

소식을 들은 것은 낙양에서 삼 일 거리에 들어섰을 때였다.

일행은 그즈음부터 좀 더 신중하게 움직였는데, 여망은 큰 갓으로 자신의 얼굴을 가리기까지 했다.

다행히 그때까지 금림의 눈을 피할 수 있어서 살수를 만난 일은 없었다.

이런 안전한 이동은 자왕 사송과 오초아의 도움이 컸다. 두 사람은 사람들의 시선을 피하는 방법을 잘 알고 있었다.

도읍을 벗어난 산지나 평야에서는 오초아의 능력이 빛을 발했고, 사람이 사는 마을이나 큰 도읍을 지날 때는 사송의 능력이 발휘됐다.

그래서 애초에는 불사 나왕의 무공을 보고 청부를 했던 여망도 뒤늦게 자신이 정말 제대로 된 사람들에게 청부를 했다는 것을 깨달을 수 있었다.

지금까지의 상황을 보자면 나왕의 무공은 그가 금림에 도착할 때까지 전혀 쓰일 일이 없을 것 같았다.

그리고 오늘 금림의 사정을 알아보러 저자에 나갔던 사송이 그 놀라운 소식을 가지고 돌아왔던 것이다.

"송가장이 몰락했답니다."

객잔의 방문을 열고 들어선 사송이 금림의 소식을 전하는 것을 잊고 다급하게 입을 열었다.

갑작스러운 그의 말에 금림의 소식을 기다리던 여망조차도 멍한 시선으로 사송을 바라봤다.

송가장이 어딘가. 천하구패다. 현 무림을 지배하는 아홉 개의 절대문파 중 한 곳인 송가장이 어떻게 하루아침에 몰락할 수 있단 말인가.

"갑자기 그게 무슨 말씀이세요?"

적월이 의아한 표정으로 되물었다.

"말 그대로다. 송가장이 몰락했다. 보름 전 한밤중에 괴한들의 공격을 받아 송가칠협의 셋이 죽고 가주 송유목도 큰 부상을 당해 사경을 헤매고 있다는구나."

사송이 자세하게 설명을 하고 나서야 일행은 그가 전한 소식을 현실로 받아들일 수 있었다.

"대체 누가 송가장을 그 지경으로 만들 수 있단 말인가요?"

적월이 슬쩍 불사 나왕의 눈치를 보며 물었다.

"흉수에 대해 알려진 것은 없다. 모두 복면을 하고 있었고. 누군가 송가장 내부에서 방화를 하는 것으로 공격이 시작되었다는 거야. 순식간에 장원의 반이 불에 탔고, 그 와중에 비검 장편의 얼굴을 역용하고 나타난 자가 칠협 중 한 명인 청류 도일상을 기습해 죽였다고 하더구나."

"역용을 하고요?"

"음… 비검 장편으로 역용을 했는데도 몰라봤다는 것은 그자가 환술의 대가라는 의미겠지."

"비검 장편이 있는데도 그의 모습으로 역용을 했다는 건가요?"

적월이 아무래도 이해가 되지 않는다는 표정으로 다시 물었다.

"아니다. 당시 비검 장편과 도검 이의상은 송가의 최대 우호 가문인 육가장을 구원하기 위해 송가장의 고수들을 이끌고 장원을 떠나 있었다고 하더구나. 물론 그들도 구원을 가는 도중에 정체불명의 고수들 공격을 받고 몰살당했다고 하고."

"치밀한 계획하에 이뤄진 일이군요."

오초아가 흠칫한 표정을 지으며 말했다.

"그렇다고 봐야지. 그렇지 않다면 아무리 기습이라 해도 송가장 같은 곳이 그렇게 허무하게 당할 수 없지."

사송이 고개를 끄떡이며 대답했다.

그때 지금껏 침묵을 지키고 있던 나왕이 불쑥 입을 열었다.

"그것보다 더 중요한 것이 있소."

나왕이 입을 열자 사람들의 시선이 일제히 나왕에게로 향했다.

나왕과 송가장을 떼려야 뗄 수 없는 관계다. 그런 나왕에게 송가장의 몰락이 어떻게 받아들여졌는지 모두 궁금하던 차였다.

"뭐가 더 중요한가요?"

이제는 완전히 십이천문의 식구가 된 오초아가 물었다.

오랜 동행으로 더 이상 나왕을 어려워하지 않는 것도 같았다.

"송가장주를 사경에 헤매게 만든 인물이 있다는 것, 그게 중요하지. 사실 송가장주는 도도한 성정으로 비난을 받지만, 그의 무공만큼은 진짜거든. 아무리 세력을 모아도 우두머리의 무공이 시원찮으면 절대 구패의 자리에 오를 수 없다. 송가장이 구패의 자리에 있다는 것은 송유목의 무공이 현 강호에서 손가락으로 꼽을 수 있는 인물이라는 의미다. 그런 자를 그의 안방에서 죽음의 위기로 몰아넣었다면 흉수의 무공 역시 송유목에 못지않다는 뜻이지. 아니, 송유목보다 강하다는 건가?"

나왕이 고개를 갸웃했다.

송유목에 대한 나왕의 평가를 반박할 사람은 없었다. 무림에서 송유목의 무공에 대해 가장 잘 아는 사람이 바로 그이기 때문이었다.

"거참… 다른 구패의 주인이나 무림오선이 아니라면 불가능한 일 아니오?"

사송이 나왕에게 물었다.

"그렇긴 하오. 하지만 무림에는 기인이사가 많으니… 어쩌면 십육마문의 후예들일 수도 있소."

"그들이 이미 중원에 들어왔겠소?"

천산에 나타났던 십육마문의 후예들이 중원에 들어와 송가장을 공격하기에는 시간이 지나치게 짧았다.

"천산에 나타난 자들이 그들의 전부는 아니지 않겠소?"

"하긴… 이미 일부는 중원에 들어와 있을 수도 있겠구려. 하아… 아무튼 엄청난 일이오. 송가장의 몰락은 지난 이십 년 구패의 군림이 끝났다는 것을 의미하니까 말이오. 이제 숨은 야심가들이 송가장의 빈자리를 차지하려고 일어날 것이오."

사송이 걱정스러운 표정으로 말했다.

송가장의 몰락으로 강호가 혼란에 빠질 것이라는 건 누구나 예측할 수 있는 일이었다.

"어쩌면 그들이 한 일일 수도 있겠군요."

적월이 무거운 음성으로 말했다.

"그들이라뇨?"

오초아가 물었다.

"그 절대삼천이란 자들… 스스로 하늘이라 말하는 자들이 무림을 놓고 한바탕 일을 꾸미고 있다고 했잖아."

"송가장을 공격한 일도 그 일환이라는 건가요?"

"아무튼 무림의 혼란은 시작되었으니까. 그것도 상상할 수 없는 큰 충격으로……."

"정말 그렇다면… 그자들, 정말 무서운 자들이에요. 그런 자들과……."

하룻밤에 구패의 일원인 송가장을 몰락시킨 자들과 적이 되었다는 것이 오초아를 두렵게 만드는 모양이었다.

"어쩌면 신화밀교가 동원되었을 수도 있겠군."

사송이 중얼거렸다.

"신화밀교… 그렇구려. 그들이 동원되었을 것 같구려. 특히 신화밀교의 교도들은 세상 곳곳에 존재하니 송가장의 내부에도 그들이 있었을 수 있소. 그자들이 방화를 함으로써 송가장을 혼란에 빠뜨렸다면……."

나왕도 사송의 의견에 동조했다.

절대삼천의 후계자인 신왕 학사검 종선이 신화밀교의 큰 스승 중 한 명이니 충분히 가능한 일이었다.

"걱정이외다. 장원에 아무 일도 없을지……."

사송이 개봉의 십이천문을 걱정했다.

"유왕께서 계시는데 큰일이야 있겠소. 세 사람이 목숨이 위험한 일은 없을 거요."

나왕이 사송을 안심시켰다.

"그렇긴 하지요. 어차피 각별히 경계를 하고 있을 테니, 서리 동생의 능력이라면 죽을 일은 걱정할 필요 없긴 한데……."

사송 스스로도 유왕 서리의 능력을 믿고 있었다.

위험을 감지하는 능력에서 유왕 서리는 사송과는 또 다른 능력을 가지고 있었다.

유왕 서리와 자왕 사송, 이 두 사람이 십이지방의 모임에 먼저 도착했다면 혈월야도 없었을 거란 이야기가 나오는 이유다.

하지만 그럼에도 걱정이 되는 것은 어쩔 수 없었다.

그런데 송가장의 몰락을 두고 심각한 대화를 나누는 십이천문의 사람들 곁에서 멀뚱한 표정으로 대화에 끼지 못하는 사내가 있었다.

사막에서 낙양까지의 동행을 청부했던 여망이었다.

그런 여망이 이 대화에 끼어들 여지가 생겼다. 불사 나왕에 의해서였다.

"그런데 금림이라면 벽산 송가장과도 거래가 있지 않은가?"

불사 나왕이 멀뚱한 표정으로 십이천문 사람들의 대화를 듣고 있던 여망에게 물었다.

그러자 여망이 딴생각을 하고 있다가 들킨 사람처럼 화들짝 놀라며 대답했다.

"그, 그렇습니다. 금림과 송가장도 자주는 아니지만 가끔 거래를 했지요. 특히 서역의 귀중품을 공급하는 거래에서는 제법 큰 금액이 오갔습니다."

여망이 말했다.

"송가장의 안주인이 서역의 보석들을 좋아했지."

나왕이 고개를 끄떡였다. 금수련을 두고 하는 말이다.

"그 거래는 림주가 직접 홍정을 하고 거래가 이뤄지면 맹소소,

그녀가 직접 송가장의 부인을 찾아갔던 것으로 기억합니다. 다른 것은 몰라도 보석을 다루는 일은 맹소소 그녀도 일가견이 있었으니까요."

어려서부터 림주 맹자치의 과중한 보호하에 성장해서 금림을 이끌어갈 능력은 없지만, 화려함을 좋아해 보석을 다루는 면에 있어서는 탁월한 능력을 가진 맹소소였다.

여망의 말속에 비웃음이 섞여 있는 것은 그런 이유였다.

"거래가 공평하지는 않았을 텐데?"

나왕이 물었다.

"그렇지요. 뭐, 사실 무림대파와의 거래는 언제나 본전치기면 족하지요. 금전적인 이득보다는 무림대파의 명성을 빌어 쓰기 위한 투자 같은 것이니까요. 그로 인해 금림이 얻은 이득도 적지 않습니다. 구패와 친분이 있으면 어떤 무림 문파라 해도 감히 금림을 업신여기지 못하니까요. 그중에서도 송가장은 제법 중요한 후원 세력이었지요."

여망이 대답했다.

"타격이 있겠군."

사송이 중얼거렸다.

"타격까지는 아니어도 크게 아쉬울 겁니다."

여망이 대답했다.

"자네에게 좋은 일인가?"

나왕이 물었다.

단순하지만 무척 중요한 질문이었다. 송가장의 몰락으로 금림의 림주 맹자치가 틈을 보일 수 있느냐는 물음이기 때문이었다.

"뭐, 나쁜 것은 아니지요. 아니, 확실히 유리할 겁니다."

여망이 고개를 끄떡였다.

그때 불쑥 사송이 두 사람의 대화에 끼어들었다.

"이보게, 여 행수. 이제 털어놔 보게. 대체 그자를 어찌 상대할 것인가? 자네의 무공이 범상치 않고, 또 금림의 주방에서 숙수로 있다는 자네 사부가 숨은 은거기인이라는 것은 알겠어. 하지만 그렇다 해도 두 사람의 힘만으로 맹자치를 제압할 수는 없을 것 같은데……?"

사송이 그동안 여망이 입을 닫고 있던 복수의 계획에 대해 물었다.

그러자 여망이 진지한 표정으로 입을 열었다.

"금림을 림주의 성인 맹씨 성을 써서 맹가장으로 부르지 않고, 금림이라고 부르는 데는 그 이유가 있지요. 그건 금림이 맹씨 홀로 세운 상가가 아니기 때문입니다."

"그럼 여러 가문이 모였단 말인가요?"

오초아가 물었다.

"여러 사람이 모여 만든 상가라고 해야겠지. 본래 상가란 것이 규모가 크면 클수록 힘을 발휘하고, 또 이문을 많이 남기지. 금림 역시 처음에는 그런 목적으로 만들어진 상가네. 재주는 있으나 세력이 없어서 성장에 한계가 있는 상인들이 힘을 모아 만든 것이지. 그래서 이름을 금림이라 지은 거네."

여망이 금림이 만들어진 계기를 설명했다.

"하지만 그래도 지금은 맹자치의 상가가 아닌가?"

나왕이 물었다.

"그렇기는 하지요. 지금의 금림은 온전히 림주 맹자치가 장악하고 있지요. 조만간 금림이 아니라 맹가장으로 이름을 바꿀 수도 있을 지경입니다. 하지만 그래서 오히려 위험하지요."

여망이 말했다.

"처음 금림을 만들 때 모였던 상인들의 후예들이 반감을 가지고 있다는 뜻이군."

사송이 여망이 하려는 말을 미리 짐작하고 말했다.

"바로 그렇습니다. 맹자치가 림주가 되기 전 금림은 다섯 개의 성, 금림에서는 오대성씨라 부르는 초기 창업주들의 후예들이 모든 결정을 함께했지요. 림주는 회합을 주재하는 정도의 힘밖에 없었습니다."

"그런데 맹자치가 림주가 되고 나서는 그의 힘이 강해졌군."

사송이 다시 말했다.

"그렇습니다. 물론 단번에 금림을 장악한 것은 아닙니다. 그리고 힘으로 장악한 것도 아니고요. 그만큼 그는 뛰어난 상인이었던 것이죠. 다른 네 성씨의 후예들이 그의 독선을 어느 정도 인정해 줄 만큼 그는 금림을 크게 성장시켰습니다. 그때는 오대성씨 모두에게 이득이 되는 일이었지요."

"그렇게 자신들에게 돌아오는 이득에 취해 하나둘 권력을 내어주다 보니 어느 순간 금림이 그의 것이 되어버렸군."

사송이 듣지 않아도 모든 것을 알고 있는 사람처럼 계속 여망의 말을 받았다.

"그렇습니다. 다른 성씨의 후예들이 림주의 독선에 불만은 느꼈을 때는 이미 늦었지요. 금림에서 맹자치 혼자의 힘이 그들 모두의 힘보다 훨씬 커져 있었으니까요."

여망이 사송의 말에 대답했다.

"그래서 그들을 이용할 생각인 건가?"

이번에는 나왕이 물었다.

"그렇습니다."

여망이 부인하지 않았다.

"하지만 그들이 자네의 뜻에 따라줄까? 절대적인 힘을 지닌 맹자치를 치는 일이고, 또한 그들에 비하면 금림에서 자네의 신분은……."

나왕이 부정적인 어조로 물었다.

약해졌다 해도 금림을 만든 오대성씨의 후예들은 나름대로 자부심을 가지고 있을 것이다. 그런 그들이 고아로 금림에 들어와 상인으로 키워진 여망의 편에 설 것을 기대하는 것은 무모한 일이었다.

그런데 나왕의 걱정에도 여망은 자신 있게 대답했다.

"적어도 두 사람은 제 뜻에 따라줄 겁니다. 나머지 둘은 아마도 관망할 겁니다."

"자네… 은연중에 힘을 키웠나?"

"어느 순간부터 림주가 부리는 일개 상인으로 살 수는 없다는 것을 깨달았지요. 그래서……."

"그런 자네의 의도를 맹자치가 알고 있었을 수도 있겠군."

나왕이 말했다.

"그럴 수도 있었겠지요."

여망이 고개를 끄떡였다.

"아무튼 두 성씨의 후예들에게 조력을 받는다 해도 역시 맹자치를 상대하는 것은 어려울 텐데?"

나왕이 다시 물었다.

"그렇긴 하지요. 그래서 역시 믿는 것은 사부님… 그리고 제 사람들이 좀 있습니다."

여망은 해볼 만한 싸움이라고 생각하는 듯했다.

"사람들이라면?"

"비록 정명기 그놈에게는 배신을 당했지만, 어려서부터 림주의 눈에 들어 금림의 사람이 된 친구들이 좀 있습니다. 지금은 모두 금림에서 인정받는 사람들이지요. 그들이 도와준다면……."

"어떻게 그들과 연락을 할 건가?"

이번에는 사송이 물었다.

중요한 문제다.

금림 내에 여망에게 도움이 될 사람들이 있다지만 그가 그들에게 접근하려는 순간 림주 맹자치가 눈치를 챌 것이다. 그럼 여망이 맹자치를 상대할 준비를 하기도 전에 맹자치가 먼저 살수들을 움직일 것이다.

여전히 여망이 불리한 싸움이다.

"금림 밖에도 도울 수 있는 사람이 있습니다."

여망이 대답했지만 조금은 자신 없는 눈치다.

금림 밖에서 도울 수 있는 사람이면 금림 출입이 자유롭지 않을 터이고, 그들이 금림 내 여망의 조력자를 만나 그의 말을 전하는 것도 녹록지 않은 일이었다.

"내가 한 가지 제안을 하지."

조금 풀이 죽은 여망을 보며 나왕이 말했다.

"……?"

갑작스러운 나왕의 말에 여망이 의아한 눈빛으로 나왕을 바라봤다.

"함께 여행을 했으니 십이천문이 어떤 곳인지는 이미 판단했겠지?"

"그렇습니다."

여망이 고개를 끄떡였다.

솔직히 말하자면 여망은 이젠 세상에서 십이천문을 가장 잘 아는 사람 중 한 명이라고 할 수 있었다.

이상한 일이지만 여행을 하면서 십이천문 사람들은 여망과 거리를 두지 않았다.

강호의 이야기나 혹은 십이천문 내부의 문제까지도 여망이 있는 곳에서 거리낌 없이 이야기했던 것이다.

그래서 가끔 여망은 이 사람들이 어쩌면 자신을 금림에 데려다주는 대가로 엄청난 것을 요구할 수도 있겠구나 싶었다.

나왕은 자신을 보호해 달라는 여망의 청부를 수락하면서 그 청부의 대가를 차후로 미뤄놓았기 때문이다.

만약 십이천문이 후일 요구하는 청부의 대가를 자신이 거부하면 이들이 자신을 죽일 수도 있겠다 싶은 생각도 하고 있는 여망이었다.

물론 그가 가까이서 겪어본 십이천문 사람들은 악독한 심성을 지닌 것 같지는 않았지만, 마음 한편에 그런 의구심을 가질 수밖에 없는 상황이었다.

"그럼 우리에 대해 어찌 생각하나?"

나왕이 다시 물었다.

"그야… 보통의 청부문은 아니라고 생각합니다. 물론 불사 대협께서 계시는 곳이니 당연히 그렇겠지만……."

"그런 말이 아니라 우리가 믿을 수 있는 사람들 같은가?"

"그야……."

여망이 얼른 고개를 끄떡였다.

"자넨 어떤가?"

이번에도 엉뚱한 질문이다.

그 질문의 뜻을 제대로 이해하지 못한 여망이 나왕을 바라봤다.

그러자 나왕이 바꿔 물었다.

"자넨 스스로 신의가 있는 사람이라고 생각하는가?"

"물론입니다."

여망이 망설이지 않고 대답했다. 본래 자신에 대해 이렇게 자신하는 사람은 세상에 흔치 않다. 그건 여망이 스스로에 대해 자부심을 가지고 있다는 의미였다.

"좋아. 그럼 이제 내가 하려는 제안을 말하지. 자네 십이천문의 사람이 되어볼 생각이 없나?"

장내가 잠시 침묵에 빠졌다. 누구도 쉽게 입을 열지 않았다.

나왕의 뜬금없는 제안에 여망뿐 아니라 적월 등 십이천문의 사람들도 당황한 기색이 역력했다.

그들의 반응을 봐서는 여망에게 한 제안이 다른 사람들과 상의하고 나온 제안이 아닌 게 분명했다.

"지금 제게 십이천문의 문도가 되라는 말씀이십니까?"

한참 동안 침묵을 지키던 여망이 확인하듯 물었다.

"그렇다네. 그렇게 하겠다면 우리 중 한 사람이 자네 곁에 남아 자네 일을 돕도록 하지."

"불사, 대체 왜……?"

사송이 여망이 대답할 사이도 없이 나왕에게 물었다.

그러자 나왕이 사송을 보며 말했다.

"그는 우리의 모든 것을 알고 있었소. 천산에서 만날 때까지 우리가 한 일들 말이오. 모든 것이 그의 눈 아래 있었던 것이오. 아마 개봉의 장원도 그는 알고 있을 것이오."

"갑자기 그 이야기는 왜?"

나왕이 말한 그는 신왕 학사검 종선이다. 학사검 종선이 십이천문을 주시하고 있었다는 것은 의심할 바가 아니었다.

하지만 그 사실이 여망을 십이천문에 들이는 것과 무슨 상관이란 말인가.

"그렇다면 우리가 행한 일들, 그리고 그 일로 맺어진 인연들인 북두산문, 북화문, 천통문과의 관계도 알고 있을 것이오. 만약 절대삼천이 우릴 공격하려 한다면 그 문파들을 가장 먼저 제압함으로써 우릴 고립무원으로 만들 것이오. 혹은, 역으로 그들을 통해 우리의 움직임을 모두 파악할 수도 있소. 그렇다면 우리도 그들의 눈에서 벗어난 무엇인가가 필요치 않겠소?"

"아, 그런 의미에서……."

사송이 뭔가를 깨달은 듯 고개를 끄떡였다.

그러자 나왕이 다시 여망에게 물었다.

"자네도 지금까지 보고 들은 것이 있으니 우리 십이천문이 무척 강한 적들을 상대하려 한다는 것을 알고 있을 걸세."

"알고 있습니다."

여망이 대답했다.

"그 싸움은 무공으로만 할 수 없는 싸움이네. 재물이 필요할 수도 있고, 무림을 살피는 눈이 필요할 수도 있고. 혹은 우리가 그들의 눈을 피해 숨을 장소가 필요할 수도 있네. 그런 일을 자네가 해줄 수 있겠나?"

나왕의 물음에 여망이 쉽게 대답하지 못했다.

지금 나왕이 말한 것들은 그가 맹자치를 상대하는 것보다도 훨씬 위험한 일이기 때문이었다.

복수를 포기한다면 그는 금림의 맹자치로부터 멀리 벗어나면 변방으로 가서 작은 상가를 일굴 수도 있었다.

그런데 복수의 조력을 구하고자 무림천하를 주무르는 자들을 적으로 두는 것은 어리석은 거래였다.

그런데 그럼에도 불구하고 여망은 나왕의 제안을 거절하지 못했다.

맹자치에 대한 복수심이 강한 것도 있지만, 여행을 하는 동안 이상하게도 십이천문이라는 이 이상한 문파의 사람들에게 동질감을 느꼈기 때문이다.

하지만 아무리 그래도 쉽게 승낙할 수 없다.

"금림 전체가 십이천문의 일부가 되는 겁니까?"

여망이 오랜 생각 끝에 물었다.

그렇다면 그건 너무 위험했다.

금림 전체가 십이천문에 의해 움직이면 세상을 움직인다는 거대한 적의 눈을 피할 수 없을 것이 분명했다.

"십이천문은 문도 수를 많이 두지 않네. 우리가 필요한 건 자네 하나. 물론 자네를 통해 금림의 도움을 받을 수도 있지만, 그것이 금림의 존폐에 영향을 미칠 정도는 아닐 걸세. 자네 존재조차 철저히 감춰질 테니까."

나왕이 대답했다.

"좀 다른 의미의 질문인데 제가 금림의 림주가 되려 하지 않아도 제게 그런 제안을 하셨을까요?"

여망이 다시 물었다.

"반반일세. 당장은 금림이라는 상가의 도움도 필요하지만, 사실 그동안 여행을 하면서 살펴본 자네라는 사람이 십이천문에 필요하다고 생각했네."

"전 상인일 뿐입니다. 무공도… 대협님들에 비하면 약한 편이고……."

"자네의 무공이 약하지 않다는 걸 아네. 물론 절정의 경지는 아니지만. 지금 십이천문에는 자네 정도의 무공을 가진 사람도 있다네. 그러니 무공은 문제가 아니네."

"그럼 왜 제가 필요하신 겁니까?"

"사람 수는 적지만 십이천문도 하나의 문파네. 하나의 문파가 존재하기 위해선 반드시 금자를 능숙하게 다룰 수 있는 사람이 필요하지. 자네라면 우리가 적들을 상대하기 위해 필요로 하는 금자를 어떻게든 마련할 걸세. 그리고 무엇보다 사막 한가운데서 며칠을 버티는 자네의 끈기, 그리고 큰 적을 상대로 도망치는 것보다 그 적을 공격하려는 자네의 독심… 그런 것들이 이런 제안을 하게 된 이유일세."

나왕이 자신의 내심을 솔직하게 털어놨다.

미사여구를 동원해 여망을 설득하려 하지도 않았다. 그는 정확하게 십이천문이 왜 여망을 필요로 하는지 설명했다.

그러자 여망의 고민이 또 시작됐다.

그리고 십이천문의 고수들도 이제는 나왕의 의도를 이해하고 기대 어린 표정으로 고민하는 여망을 지켜봤다.

여망이 다시 입을 연 것은 이각이나 지난 후였다.

"좋습니다. 십이천문의 일원이 되겠습니다."

"그렇게 결정한 이유는?"

반가운 표정이면서도 사송이 물었다.

그러자 여망이 고개를 갸웃하며 대답했다.

"글쎄요. 뭐라 설명할 수는 없지만, 상인의 육감으로는 이 거래가 제게 개인적으로 큰 이문을 남길 듯해서……."

여망이 희미한 미소를 지으며 대답했다.

그리고 십이천문의 고수들은 그 이상한 대답이 마음에 들었다.

제5장
금림의 대숙수

여망의 곁에 남는 사람은 조금 이상한 논쟁을 거쳐 적월로 결정됐다.

결정을 하고도 십이천문의 사람들은 이 결정이 맞는 결정인지 확신하지 못했다.

남기로 한 적월조차도 그랬다.

적월의 무공을 못 믿어서가 아니었다.

지금 여망에게 필요한 사람은 금림 내 여망의 조력자들과 은밀하게 연락을 할 수 있는 사람이었다.

그런 일이라면 적월이 아니라 사송이 적합하다. 노련할뿐더러, 다른 방법을 찾지 못했을 때 하다못해 그의 특기인 땅굴을 뚫어서라도 그들과 연락을 할 수 있는 사람이 사송이기 때문이다.

그런데 사송은 한사코 남기를 거부했다.

그에게는 여망이 십이천문의 사람이 되었다고 해도 혈월야의 혈원을 푸는 일, 절대삼천이라는 자들을 상대하는 일이 우선이었다. 또한 유왕 서리의 안위도 걱정되는 사송이었다.

그래서 그는 한사코 개봉의 십이천문으로 돌아가길 원했다.

그런 사람에게 억지로 여망 곁에 남아 그를 도우라고 할 수는 없었다.

불사 나왕은 십이천문의 실질적인 우두머리이니 돌아가 십이천문의 행보를 결정해야 했고, 오초아는 여망을 돕기에는 무공에서 부족함이 있었다.

그래서 결국 남기로 한 사람이 적월이었다.

은밀히 움직여야 한다는 면에서 적월은 조금 어울리지 않는 특징을 가지고 있지만, 결국 적월 말고는 여망을 도울 사람이 없었다.

그리고 나왕이나 사송 모두 제대로 드러나지 않은 적월의 무공을 믿고 있었기에 큰 걱정을 하지 않는 모습이었다.

물론 여망과 오초아는 조금 걱정스러운 표정이기는 했지만.

아무튼 그렇게 적월이 여망의 곁에 남기로 한 다음 날, 나왕과 사송, 그리고 오초아는 개봉으로 가는 객선에 몸을 싣고 황하의 황톳빛 물살을 따라 하류로 떠나갔다.

이장은 근방 사람들에게 무척 운이 좋은 사람으로 통했다.

낙양 성내에서 하룻길 떨어진 곳에 채마 밭을 가지고 있는 그는 젊은 나이에도 불구하고 제법 부유한 삶을 살고 있었다.

채마를 키우는 농사꾼이 부유하다는 것은 넓은 땅과 좋은 거래처를 가지고 있다는 의미다.

이장이 그랬다. 그는 낙양의 거상 금림에 자신이 기른 채마를 납품하고 있었다.

어린 시절 그는 땅 한 조각 없는 가난한 집안의 장남이었다. 철이 들기 시작하면서부터 저잣거리에 나가 허드렛일을 하고 푼돈을 받거나, 그도 없으면 구걸까지 했던 그가 금림이라는 거대한 상가와 거래를 하게 된 것은 한 사람의 도움 때문이었다.

그 은인으로 인해 그는 땅을 갖게 되었고, 금림에 채마를 댈 수 있게 되었으며, 젊은 나이에 부자 소리를 듣게 되었다.

그러니 이장은 그 은인을 목숨처럼 귀하게 대하지 않을 수 없었다.

그래서 그 은인이 은밀히 찾아와 한 가지 일을 부탁했을 때, 그는 단 한순간도 망설이지 않고 부탁을 승낙했다.

드르륵!

채마가 크게 무게는 나가지 않지만 부피는 제법 커서, 우마차가 움직이는 소리가 요란하게 일어났다.

그 소란스러움에 우마차에 가득 실린 채마가 이리저리 흔들렸지만 청년 이장은 능숙하게 우마차를 몰아 채마가 흘러내리는 것을 막았다.

그리고 그런 이장을 돕는 청년이 한 명 더 있었다.

적월이었다.

"워워워!"

화려하지는 않지만 수천 평의 대지에 무게감이 느껴지는 건물들로 채워진 장원 앞에서 이장이 우마차를 세웠다.

낙양의 거부, 천하 각지로 상단을 보내는 금림이다.

"이장이군. 어서 오게."

금림의 정문을 지키던 경비 무사가 채마를 대는 이장을 알아보고는 반갑게 알은척을 했다.

사실 채소 장사꾼을 이렇게 반갑게 맞을 이유가 없는 경비 무사지만 그가 이장을 반기는 이유는 따로 있었다.

"임 대협님, 안녕하셨어요?"

이장이 살가운 표정으로 경비 무사에게 인사를 했다.

경비 무사의 이름은 임자도, 사실 상인들의 가문인 금림에서 임자도는 제법 대접을 받는 무인이었다.

그가 대접받는 이유는 무공이 일류의 수준이 넘을 정도로 뛰어나기도 하지만, 그보다는 그가 금은보화 가득하다는 금림의 정문을 경비하는 무사들의 우두머리기 때문이었다.

금림을 출입하려는 모든 사람들, 특히 금림과 새로 거래를 트려는 상인들은 그에게 밉보이면 출입 자체를 할 수 없었다.

그런 이유로 중소 상인들에게 임자도는 금림과의 거래를 위해 반드시 좋은 관계를 유지해야 하는 사람이었다.

그리고 상가의 사람과 좋은 관계를 유지하는 데 금자만큼 좋은 매개물은 없었다.

임자도가 젊은 청년 이장을 반갑게 맞는 이유 역시 바로 그 금자였다.

"나야 뭐, 항상 문지기 노릇이나 하는 거지."

이장의 인사에 임자도가 느긋한 표정으로 대답했다.

"언제 쉬세요?"

이장이 다시 물었다.

"이틀 뒤에는 하루 휴식을 갖지."

"그럼 한잔하셔야겠네요. 묘화루에 명주가 새로 왔다고 하더라고요. 예쁜 아이들도 새로 들인 것 같고……."

이장이 은근한 표정으로 말했다.

"묘화루? 그럼 한번 들러볼까?"

"그렇게 하세요. 실망하지 않으실 겁니다."

의미심장한 눈빛을 보이며 이장이 부추겼다.

"그럼 그러지 뭐. 이장 자네 말은 믿을 수 있으니까. 자, 어서 들어가게. 아, 그런데 이 친구는 처음 보는데?"

임자도가 문득 이장 옆에 서 있는 적월을 가리키며 말했다.

"아, 제 친척이에요. 일을 좀 배워보겠다고 해서……."

"음, 그렇군. 이봐, 열심히 배워. 이장 이 친구는 수완이 보통 아닌 친구라고. 배울 게 많을 거야."

"예, 예, 대협님!"

적월이 임자도를 어려워하는 표정으로 굽신거리며 대답했다.

"그럼 수고하게."

임자도가 다시 시선을 돌려 이장에게 말을 하고는 손을 휘저었다.

그러자 그의 신호를 받은 경비 무사들이 이장의 우마차가 이동할 수 있게 금림의 정문을 열어젖혔다.

"가자, 이놈아!"

이장이 나이답지 않은 걸걸한 목소리로 우마차를 끌고 있는 소의 엉덩이를 탁 쳤다.

그러자 누렁소가 한 번 고개를 휘저은 후 채마가 가득 실린 우마차를 끌고 금림 안으로 들어갔다.

"흐흠… 묘화루라. 저 영악한 아이가 그곳에 무슨 준비를 해 뒀을꼬?"

우마차를 끌고 사라지는 이장을 보며 임자도가 기대감이 가득한 표정을 중얼거렸다.

"기루에 가면 술과 기녀만 있는 게 아니겠지?"

정문을 통과해 십여 장 이동하자 적월이 이장에게 물었다.

"역시 눈치채셨군요. 얼마간의 금자를 맡겨두어야지요. 그럼 임자도 그 양반이 기루에서 찾아가는 것이고……."

이장이 미소를 지으며 말했다.

"그런 식으로 거래를 하는군."

"직접 금자를 주고받는 것은 초보자들이나 하는 짓이죠."

이장이 어깨를 으쓱하며 대답했다.

"금림에서도 대충은 알고 있겠지?"

"물론이죠. 이런 거래야 공공연한 비밀입니다. 사실 금림에 속한 상인들이야 이런저런 거래처에서 떨어지는 콩고물이 많지만 무사들은 그렇지 않거든요. 이런 식으로 금자 좀 얻는 것은 상가에서 허물이 아닙니다."

"그렇군. 아무튼 덕분에 일이 수월하군."

"이젠 뭐 크게 문제 될 게 없습니다. 바로 주방으로 가면 되니까요."

이장이 자신 있는 표정으로 말했다.

"그분을 따로 만날 시간을 만들 수 있겠나?"

"그 역시 걱정 마세요. 그분은 주방에 들어오는 재료들을 모두 손수 확인하시니까요."

"다행이군."

적월이 고개를 끄떡였다.

그러는 사이 우마차가 주방과 붙어 있는 식자재를 관리하는 창고에 다가섰다.

작은 키의 노인은 주방에서 칼을 다뤄서인지 팔이 유난히 발달해 있었다. 투박한 손 역시 오랜 세월 주방에서 음식을 만들어서 단련된 것임이 분명했다.

"저분이에요."

이장이 노인의 십여 장 앞에서 나직한 목소리로 말했다.

"가보세."

적월이 고개를 끄떡이며 말했다.

그러자 이장이 가볍게 숨을 들이쉬고는 노인을 향해 걸음을 옮기며 밝은 목소리로 노인을 불렀다.

"대숙수님!"

식자재 창고에 나와 식재료들을 살피고 있던 노인이 이장의 부름에 고개를 돌려 그를 바라봤다.

"이장, 너로구나. 어서 와라."

노인이 마치 손주가 온 듯 반가운 표정으로 이장을 맞았다. 영락없는 주방 숙수의 모습이다.

"잘 지내셨죠?"

"이놈아, 겨우 삼 일 만에 보는 거면서 뭘 안부를 물어."

노인이 이장에게 핀잔을 줬다.

"헤헤, 그래도요."

이장이 머리를 긁적이며 멋쩍은 표정을 지었다.

"하긴 내 나이가 되면 하루하루 살아 있는 걸 확인해야 하는 나이긴 하지."

"에이, 무슨 말씀을요. 대숙수님이 그럴 나이는 아니시죠. 엄청 건강하시기도 하고요."

"모르는 소리. 겉은 멀쩡해도 안으로는 다 삭았느니라. 숙수 일이 보통 힘든 일이 아니거든."

"그래도 숙수님은 건강해 보이세요. 아무튼 물건 먼저 보세요. 채소들은 다 싱싱해요."

이장이 우마차에 실린 채소들을 가리켰다.

그러자 금림 주방의 대숙수 두충이 우마차로 다가가 채소들을 살피기 시작했다.

적월은 채소들을 살피는 두충의 눈길이 예사롭지 않다고 생각했다. 마치 고수가 상대의 허점을 찾듯 날카로운 노인의 눈길이다.

그렇게 한동안 채소들을 살피던 두충이 이장을 보며 말했다.

"잘 키웠구나. 한동안 가뭄이 들어 상태가 좋지 않을 것 같았는데. 전혀 그런 티가 나지 않는구나."

"제 채마 밭 옆으로 마르지 않는 개울이 흐르거든요."

"오, 그래? 그것참 행운이구나."

두충이 고개를 끄떡였다.

"모두 여 행수님 덕분이죠. 그곳에 채마 밭을 마련해 준 것도 행수님인데요. 그런데 행수님은 돌아오지 않으셨나 보죠?"

이장이 슬쩍 물었다.

그러자 대숙수 두충의 안색이 한순간 어두워졌다.

"그러게 말이다. 상단의 다른 사람들은 돌아왔는데 여 행수는 돌아오지 않았다더구나."

"무슨 일이 있는 건가요?"

"모르지. 상단의 일이야 내가 어찌 알겠느냐? 흘러들은 말로는 녀석이 길을 잃고 상단과 멀어졌다고 하는 것 같던데……."

두충이 고개를 저으며 말했다.

그런 두충의 곁으로 이장이 자연스럽게 거리를 좁혔다. 그러고는 속삭이듯 두충에게 말했다.

"여 행수님의 친구분을 모셔왔어요. 행수님의 전갈이 있대요."

갑작스러운 이장의 행동에 두충이 당황할 법도 하지만, 마치 짐작하고 있었다는 듯 큰 목소리로 입을 열었다.

"그러자꾸나. 차 한잔 대접하는 게 뭐가 어렵겠느냐. 마침 점심 준비도 모두 끝나서 나도 차 한잔 마시려 했다. 가서 말동무나 좀 해주렴. 장원 밖의 세상이 어찌 돌아가는지."

"알았어요. 이번엔 정말 재밌는 이야기가 좀 많아요."

"그래?"

"저기, 송가장이라고 아시죠?"

"무림구패 송가장? 송가장이 왜?"

"망했대요."

"정말?"

사람들의 의심을 피하기 위해 꺼낸 말이지만 두충은 정말 놀란 모습이다. 아마 금림의 주방까지는 아직 송가장의 일이 전해지지 않은 모양이었다.

"그렇다니까요."

"야, 이거 정말 흥미로운 소식인걸? 자, 가자. 가서 자세히 이야기 좀 들어보자."

두충이 이장의 소매를 잡아끌며 걸음을 재촉했다.

특이하게도 두충은 자신의 방이나 혹은 정자로 오르지 않고, 주방 옆에 있는 작은 정원의 바위 위에 걸터앉아 차를 마실 준비를 했다.

사방이 트여 있어 모두가 볼 수 있는 장소다.

물론 그 반대로 그들을 보는 모든 사람들을 확인할 수 있는 장소이기도 하다.

"여 행수와는 어떤 사인가?"

차를 따르며 두충이 적월에게 물었다.

대나무 통으로 만든 차 통에는 아침나절에 우려낸 차가 들어 있어서 투박한 나무 잔에 따르는 것으로 준비가 끝났다.

"사막에 버려졌고, 사경을 헤매고 있었으며, 저희 일행이 구해 주었습니다. 이후 낙양 근처까지 그를 보호해서 데려왔고, 지금은 그의 복수를 돕고자 합니다."

긴 이야기를 구구절절하게 하고 있을 시간이 없었다.

또한 두충도 많은 이야기가 필요한 사람이 아닌 것 같았다. 짧은 몇 마디 말로 여망에게 일어난 일을 모두 추론할 수 있는 노련함이 두충에게 있다고 믿는 적월이었다.

그래서 가능한 짧게 여망과 자신의 관계를 설명한 적월이 말을 마치고는 자연스럽게 찻잔을 들었다.

"역시 그랬군. 그런데 복수라… 누구에게?"

"금림의 림주입니다."

"음……."

두충이 나직하게 신음 소리를 냈다.

짐작은 했지만 여망의 복수 대상이 금림의 림주 맹자치라는 것을 확인하니 나름대로 충격을 받은 모양이다.

"역시 혼사 문제 때문이었겠지?"

잠시 마음을 진정시킨 두충이 물었다.

"그렇다고 하더군요."

"그래… 최근 들어 이상한 소문이 들렸지. 림주의 딸이 여 행수가 아닌 천룡표국의 소국주 목인홍과 혼인할 수도 있을 거란 소문이 돌고 있었어."

두충이 고개를 끄떡였다.

적월은 침묵을 지켰다. 자신이 할 말은 다했고, 제자인 여망을 돕기 위해 자신의 힘을 쓸지 말지 두충의 결정만 남아 있었다.

"일을 성사시키려면 호씨와 이씨를 설득해야겠군."

"하시렵니까?"

적월이 되물었다.

"어쩔 수 없지. 하나밖에 없는 제자 놈 일인데."

"알겠습니다. 그렇게 전하겠습니다. 삼 일 후에 다시 뵙지요."

적월이 짧게 대답을 하고 찻잔을 내려놓았다.

"생각보다 성정이 급하군."

서두르는 적월을 보며 두충이 말했다.

"첫 만남이 길어서야 의심을 살 수 있지요."

"나와 여 행수 사이를 아는 사람은 금림에 없네."

"그래도 조심해서 나쁠 것은 없지요. 아, 세 친구와도 이야기를 나눠달라고 하더군요."

"믿을 수 있을지 모르겠군. 정명기가 배신했다니……."

"어르신이라면 충분히 그들의 속내를 읽어내시겠지요."

적월이 가볍게 미소를 지었다.

그러자 두충이 멋쩍은 표정을 짓다가 갑자기 손으로 자신의 허벅지를 치며 자리에서 일어났다.

"바깥소식 재밌게 들었네. 좀 더 이야기를 나누고 싶지만 이젠 저녁 준비를 시작해야 할 시간이군."

마치 지금까지 세상 돌아가는 이야기를 나눈 사람처럼 두충이 큰 소리로 말했다.

"다음에 오면 좀 더 재미있는 이야기를 들려 드릴게요. 잘 좀 봐주세요."

이장이 아부를 떨었다.

"하하하, 이 친구야. 장사를 입으로 하면 쓰나. 물건이 좋아야지."

"제 채소들이야 언제나 믿을 수 있지 않아요?"

젊은 채소 장수 이장이 자신 있게 말했다.

"허허, 너도 이젠 장사꾼이 다 되었구나."

"금림에 드나든 지가 얼만데요."

이장이 대꾸했다.

"차라리 금림에 자리 하나 내달라고 하지 그러느냐? 너라면 가능할걸?"

"안 돼요. 어머니와 동생들이 있어서… 전 지금으로 만족인걸요."

이번에는 결코 사람들 들으라고 일부러 한 말이 아니다.

"음, 그렇구나. 아무튼… 삼 일 후에 보자."

"예, 대숙수님!"

이장이 두충에게 고개를 숙여 보였다.

그러자 두충이 머리를 끄떡이고는 주방 쪽으로 가려다 말고 갑자기 몸을 돌려 적월 앞으로 다가오더니 나직하게 물었다.

"그런데 자네 이름이?"

"적월이라고 합니다."

"어느 문파 사람인가?"

"십이천문이라고 작은 청부문입니다."

어차피 이제 여망도 십이천문의 사람이다.

그러니 그 스승인 두충에게 정체를 숨기는 것은 의미 없는 일이다.

"십이천문! 불사 나왕?"

뜻밖의 일이다.

비록 무공의 고수라 해도 금림의 주방에 숨어 지내는 두충이 문파가 생긴 지 얼마 되지 않는 십이천문과 그 청부문에 속한 불사 나왕의 존재를 알고 있다는 것은.

"아십니까?"

"들었네."

"아신다면 절 믿으실 수 있겠군요."

"그러는 자넨 날 믿나? 이렇게 쉽게 자네의 정체를 밝힐 정도로."

"어르신을 믿는 게 아니라 여망 형님을 믿지요."

"여망을 믿는다라. 좋아. 그럼 나도 여망을 믿고 나에 대해 말해주지. 난 귀수(鬼手) 두황이란 사람일세. 불사에게 물어보면 내가 어떤 사람인지 알 걸세. 그럼 또 보세."

두충, 아니, 본명이 두황인 노인이 적월과 시선을 한 번 더 마주치고는 지척거리며 주방 쪽으로 걸어갔다.

"본명이 따로 계셨군요."

이장에게도 두충의 본명이 따로 있다는 것이 뜻밖인 모양이다.

"이유는 몰라도 숨어 지내는 분이니까 다른 이름이 필요했겠지. 그만 가지."

적월이 말했다.

"예, 대협."

이장이 얼른 대답을 하고는 서둘러 우마차가 있는 곳으로 걸어가기 시작했다.

우마차에 실려 있던 채소들은 이미 주방에서 일하는 일꾼들에 의해 깨끗하게 치워져 있었다.

* * *

푸근해 보이는 인상, 거기에 더해 그의 부드러운 눈빛을 보면 누구라도 그에 대한 경계심을 풀 수밖에 없었다.

그러나 그를 잘 아는 사람들은 이 얼굴이 타고난 것이 아니라 오랜 노력 끝에 만들어진 표정이란 것을 안다.

그가 어릴 때는 오히려 날카로운 눈빛으로 사람들을 긴장하게 만들었다.

그렇게 자신의 눈빛과 얼굴 표정까지 바꾼 이 청수한 인상의 노인이 바로 금림의 당대 림주 맹자치다.

그런데 평소 부드러운 미소를 띤 채 어떤 일에도 크게 흥분하는 모습을 보이지 않던 맹자치가 오늘은 마치 세상을 다 가진 것처럼 들뜬 표정을 짓고 있었다.

물론 지금 그의 방에는 그의 본모습을 보더라도 놀라지 않을 사람들만 모여 있기는 했다.

맹자치가 금림의 림주로 결정된 이후 줄곧 그의 곁을 지키며, 오대성씨가 공동으로 지배하던 금림을 맹자치 일인의 상가로 만드는 데 혁혁한 공을 세운 인물들이 그들이었다.

금림 최고의 상인들이라는 두 명의 대행수, 육천웅과 신첨, 그리고 맹자치가 강호에서 거금을 주고 특별히 끌어들인 그의 호위 무사 구여성과 상중산이 그들이었다.

더불어 모든 것을 포기해도 절대 포기할 수 없는 존재, 무남독녀 맹소소 역시 함께였다.

"후후, 이제 정말 강호제일의 상가가 될 기반이 마련되었군."

손에 서찰을 든 맹자치가 몸에 배인 부드러운 웃음소리를 흘려냈다.

물론 웃음소리와 달리 그의 눈빛은 다른 그 어느 때보다 탐욕으로 물들어 있었다.

"어떻게 되었어요?"

맹소소가 잔뜩 기대하는 눈초리로 물었다.

"모든 것이 원하는 대로 되었다. 드디어 우리 금림이 황궁에 정식으로 물건들을 댈 수 있게 되었다. 품목은 내명부에서 쓰이는 포목들… 그러나 명목이 그러할 뿐 실질적으로는 거의 모든 물건들을 황궁에 보낼 수 있을 것이다."

"내명부라면… 이건 정말 노다지입니다. 사실 먹고 쓰는 물건들이야 이문이 그리 많이 남지 않지요."

대행수 육천웅이 말했다.

"맞네. 반면 내명부에 속한 수천의 후궁들에게서는 막대한 금자가 쏟아지지. 이번 사향 건도 그렇고… 잘됐어. 정말 잘됐어. 이제 천룡표국과의 혼사만 잘 매듭지어지면 우리 금림은 천하의 상권을 장악할 수 있을 거야. 다만……."

맹자치가 갑자기 뭔가 못마땅한 표정으로 얼굴을 굳혔다.

"역시 송가장의 일을 걱정하시는군요."

이번에는 대행수 신첨이 맹자치의 마음을 읽고 먼저 입을 열었다.

"역시 신 대행수가 생각이 깊군. 맞아. 호사다마라고 좋은 일 중에서 오직 그것 하나가 걱정이네."

맹자치가 고개를 끄떡였다.

"그게 왜 걱정이세요? 송가장과의 거래가 우리 금림에 타격이 될 만큼 큰 것은 아니었잖아요?"

맹소소가 송가장의 몰락을 지나치게 걱정하는 맹자치를 이해할 수 없다는 표정으로 물었다.

"소소, 넌 왜 생각을 조금 더 깊게 못 하느냐?"

"제가 뭘 또 모른다는 거예요?"

맹소소가 토라진 얼굴로 되물었다.

"후우… 소소야, 송가장이 중요한 이유는 그들과의 거래 때문이 아니다. 구패로서의 송가장의 명성, 그게 중요한 것이야. 금림이 천하 각지에서 장사를 하면서 각 지역의 패자를 자처하는 무가들로부터 부당한 요구를 받지 않는 이유가 뭐겠느냐? 바로 우리가 송가장을 비롯한 몇몇 구패와 친밀한 인연이 있기 때문이다. 금림의 장사를 방해하면 그들이 나설 수도 있다는 걸 알기에 우리 장사에 시비를 거는 자들이 없었던 거다."

"그… 그런가요?"

맹소소가 조금 주눅 든 표정으로 말했다.

"그런데 이제 송가장의 그 위세를 이용할 수 없게 된 거지."

맹자치가 아쉬운 표정으로 말했다.

그러자 대행수 신첨이 다시 입을 열었다.

"그렇다 해도 림주께서는 너무 걱정 마십시오. 비록 송가장이 몰락했다 해도 다른 구패들과 인연이 없는 것도 아니고. 또 마침 황궁과 거래를 하게 되었으니 오히려 무가들은 금림을 더 어려워할 것입니다. 황궁과 거래하는 상가를 건드렸다가는……."

"후후, 그렇지. 그런 이득도 있지. 하하, 내가 쓸데없는 걱정을 했나 보군. 모든 일이 잘되어가니 노파심이 생긴 모양이야."

맹자치가 걱정을 씻어버린 듯 다시 웃음을 흘렸다.

그러자 대행수 육천웅이 말했다.

"천룡표국과의 혼사만 잘 성사시키면 될 듯합니다."

"그것도 걱정할 일은 아닌 것 같습니다. 형님!"

신첨이 육천웅을 보며 말했다.

대행수 육천웅과 신첨은 오랫동안 함께 맹자치를 보필해 서로 호형호제하는 사이였다.

"왜 그렇게 자신하는가?"

"우리가 황궁과 거래를 튼 것을 알면 천하의 어떤 가문도 금림과의 혼사를 마다하지 못할 겁니다."

"하긴. 그렇긴 하지. 천룡표국도 중원이나 동쪽 상계로 진출하려면 본 림의 도움이 필요할 테니."

육천웅이 고개를 끄떡였다.

"애초에 천룡표국과의 혼사를 걱정할 일은 아니었네. 혼사를 먼저 청한 것도 그들이고. 다만……."

말을 하다 말고 맹자치가 입을 다물었다.

다른 사람들 역시 맹자치가 무슨 말을 하려고 했는지 알기에 한순간 얼굴들이 어두워졌다.

천룡표국이 소국주 목인홍과 맹소소의 혼인을 물어왔을 때, 가장 문제가 되었던 것이 행수 여망의 존재였다.

이미 금림 내부에서는 여망과 맹소소의 혼인이 공공연하게 말해질 때였고, 마침 사향을 구하기 위해 서역행을 나서는 여망에게 맹자치가 서역행 이후 두 사람의 혼인을 약속하기도 했었다.

그러니 천룡표국과의 혼사에 가장 큰 장애물은 여망이었다.

설혹 여망이 맹소소와의 혼인을 포기한다 해도 천룡표국 입장에선 금림 내에 맹소소와 혼인을 거론했던 사람이 건재하다는 걸 불쾌하게 생각할 것이 뻔했다.

그래서 맹자치는 아까운 인재지만 여망을 금림에서 지워 버리기로 결정했던 것이다.

그 일은 실행에 옮겨졌고, 서역으로 떠난 여망은 돌아오지 않았다.

이후의 일은 걱정할 바가 없었다. 그러나 아무리 양심이 없는 사람들이라도 여망에게 한 일이 아무렇지도 않은 것은 아니었다.

그래서 그의 이야기를 입에 올리는 것은 요 며칠 사이 금림에서 금기처럼 되어버렸다.

"그가 확실히 정리되긴 한 건가요?"

오히려 여망의 일을 먼저 입에 올린 사람은 당사자인 맹소소였다.

이때만큼은 평소와 달리 싸늘하기 이를 데 없는 맹소소의 얼굴이다. 그녀의 눈에는 차가운 한기까지 느껴졌다.

"더 이상 걱정할 일은 없다."

맹자치가 단호하게 대답했다.

"그럼 되었지. 뭘 걱정들 하세요."

맹소소가 차갑게 말했다.

"걱정하는 게 아니다. 단지……."

여망에 대한 죄책감 때문이라고는 차마 말하지 못하는 맹자치다. 그 스스로 결정한 일이기 때문이다.

"대를 위한 소의 희생. 아버지가 항상 말씀하시던 거잖아요?"

맹소소는 여망의 죽음이 아무렇지도 않은 모양이었다.

"그렇지… 애초에 그 친구는 금림과 우리 맹씨를 위한 도구로 키운 사람. 금림을 위한 희생이었다고 생각하면 뭐……."

맹자치가 스스로 변명하듯 말했다.

"그렇습니다. 어쩔 수 없는 선택이었습니다. 우리 같은 상가에서는 결국 이득을 위해 누군가는 희생을 할 수밖에 없습니다. 그 일은 잊어버리시고 이젠 천룡표국의 소국주와의 혼사를 매듭짓는 데 집중할 때입니다."

육천웅이 맹자치의 말을 거들었다.

"그렇게 하세. 닷새 남았나?"

"그렇습니다."

"의외긴 해. 그가 직접 올 줄은 몰랐는데……."

"그것이……."

맹자치의 말에 육천웅이 말꼬리를 흐렸다.

"왜? 그러시나?"

"천룡표국의 소가주가 미인을 좋아한다는 말이 있었습니다. 아마 소소 아가씨를 직접 보고 결정을 하려는 의도일 겁니다."

"하하, 그럼 전혀 걱정할 필요가 없겠군요. 오히려 그의 마음이 다급해질 겁니다. 우리 소소 아가씨야 상계제일미인데……."

대행수 신첨이 한껏 맹소소 미모를 치켜세웠다.

"흥, 나도 그를 살펴볼 거예요. 마음에 들지 않으면……."

"천룡표국의 소국주 역시 무척 미남으로 알려졌습니다

만……."

신첨이 은근한 미소를 지었다.

"그야 만나봐야 알죠."

말은 차가운 듯하면서도 맹소소의 얼굴에는 숨길 수 없는 기대감이 서려 있었다. 앞서 자신과 혼인을 약속했던 여망에 대한 기억은 완전히 지워진 모양이었다.

"아무튼 좋아. 상황은 우리 쪽이 훨씬 유리하니까. 이 혼사가 단지 소소와 목인홍 두 사람의 일이 아니라는 것은 모두가 알고 있을 것이네. 이 혼인을 통해 서로가 주고받을 것들을 결정해야 하는 자리기도 하고. 그런 의미에서 우리가 얻을 것이 많은 자리지. 정중하게 대접하되 얻을 것은 확실히 얻어내야 하네."

"명심하겠습니다."

육천웅과 신첨이 정색을 하며 대답했다.

"그리고 두 분도 이번에는 각별히 신경을 써주시오."

맹자치가 상가의 일에 대해선 가타부타 말이 없던 두 명의 고수, 구여성과 상중산을 보며 말했다.

비록 두 사람이 금림에 속해 있는 사람들이지만, 두 사람을 대하는 맹자치의 태도는 육천웅과 신첨을 대하는 것과는 확실히 차이가 있었다.

구여성과 상중산 두 사람은 무림의 고수로서 언제든 마음이 틀어지면 금림을 떠날 수도 있는 사람들이었다.

당연히 맹자치도 두 사람을 아랫사람이 아닌 손님으로 대우할 수밖에 없었다.

"걱정 마십시오, 림주. 이제 와서 누가 감히 금림의 잔치에 훼

방을 놓을 수 있겠습니까?"

뛰어난 도법으로 이름을 날리는 구여성이 단호한 표정으로 말했다.

자신의 무공에 대한 자부심이 묻어나는 표정이다.

"물론 그렇긴 하지만 송가장 일도 있고… 강호의 분위기가 심상치가 않더구려."

"그건 그렇습니다. 며칠 전 강호의 친구들로부터 소식을 들었는데 무림맹에서는 역시 십육마문의 잔당들을 의심하고 있다 하더군요."

날카로운 검을 장기로 하는 노검객 상중산이 진중하게 말했다.

"십육마문이라… 어지러운 난세의 시작인가."

맹자치가 혼잣말을 중얼거렸다.

그러나 대행수 신첨이 눈빛을 빛내며 말했다.

"세상의 혼란은 상인들에게는 큰 기회지요."

"그렇긴 하지. 단지… 십육마문의 재림이면 우리도 위험을 감수해야 하니 문제지."

맹자치가 조금은 근심 어린 표정으로 말했다.

*　　　*　　　*

금림의 미래로 여겨지는 젊은 행수들 중 다섯 손가락 안에 꼽히는 인물 두 사람이 나란히 낙양의 시전을 걷고 있었다.

보통 때도 맡겨진 상행이 없을 때는 간혹 어울려 이렇게 낙양

시전에서 술잔을 기울이곤 하는 두 사람이었다.

시전에서 장사를 하는 장사치들도 모두 두 사람을 알고 있었다.

금림의 림주가 애지중지하는 젊은 행수들, 림주 맹자치의 절대적인 신임을 받고 있는 이 젊은 행수들에게 잘못 보였다가는 낙양에서 장사를 하기 어렵다는 사실을 알고 있기에 나이 든 상점의 주인들까지 두 사람에게 가볍게 고개를 숙여 인사를 할 정도였다.

두 사람은 그런 상인들의 인사에 부드러운 미소로 응대하며 시전을 걷다가 어느 순간 작고 허름한 반점 앞에서 걸음을 멈췄다.

"왔냐?"

점심 장사가 끝나 손님이 뜸한 오후, 반점 앞에 나와 비질을 하고 있던 노파가 두 사람에게 알은척을 했다.

낙양의 시전에서 금림의 행수인 두 사람에게 반말을 해댈 사람은 거의 없다. 그것도 이렇게 무례한 반말 짓거리는 이곳에서 장사를 하지 않겠다는 의미나 마찬가지였다.

그런데 두 사람은 그런 노파에게 전혀 화를 내지 않았다.

"잘 지내셨어요? 장사는요?"

두 행수 중 한 명이 웃으며 물었다.

"보면 몰라? 파리 날리는 거."

"에이, 그거야 점심 장사가 끝나서 그런 거죠. 할머니는 점심 장사가 끝나면 저녁까지는 음식을 팔지 않으시잖아요?"

"요즘은 그렇지도 않아. 점심이나 저녁때도 손님이 부쩍 줄었다고. 이러다가 문 닫겠어."

"하하, 할머니 엄살은 여전하시네. 아무튼 국수 맛 좀 볼 수 있죠?"

"점심 장사 끝난 거 알잖아?"

노파가 퉁명스럽게 말했다.

"에이, 그래도 우리가 어디 한두 해 본 사인가요? 어려서부터 돌봐주셨잖아요. 할머니 국수 맛이 그리워서 그래요. 낙양을 떠나 있는 동안 늘 이곳 국수가 그리웠다고요."

"국수만 먹을 거면 안 팔아."

"걱정 마세요. 술도 먹고 만두도 먹을게요."

"구운 오리는?"

노파가 슬쩍 물었다.

이득이 많은 남은 음식이다.

"아이고, 배 터져 죽겠네."

"그래서 안 처먹겠다는 거냐?"

"아뇨, 아뇨. 배가 터져도 먹어야죠. 주린 배를 채워주시던 은혜를 어떻게 잊어요."

금림의 두 행수가 얼른 고개를 저었다.

"좋아. 그럼 들어와. 에구구!"

노파가 굽은 허리를 펴며 반점 안으로 들어갔다.

반점 안은 생각보다 어두웠다.

장사를 하지 않는 시간이라 그런지 노파는 반점의 창을 거의 모두 닫아놓고 있었다.

그런데 두 젊은 행수가 반점에 들어서자마자 노파가 턱으로 반점의 한쪽을 가리켰다.

워낙 작은 반점이라 특별히 점소이를 두거나 숙수를 두지 않는다. 노파 홀로 모든 음식을 만들고 내놓기 때문에 많은 손님을 받을 수 없고, 그래서 점심과 저녁 한때만 장사를 하는 것이다.

노파가 턱으로 가리킨 어둑한 곳에는 두 사람이 그림자처럼 앉아 있었다.

장사를 하지 않는 시간, 그 시간에 반점에 사람이 있다는 것이 이상할 법도 하지만 금림의 두 젊은 행수는 예상했다는 듯 두 손님이 앉아 있는 곳으로 걸음을 옮겼다.

그러자 어둑한 구석에 앉아 있던 두 사람 중 한 명이 자리에서 일어나 두 사람을 마중했다.

"운, 유정! 어서 오게!"

두 젊은 행수를 맞는 사내의 모습이 슬쩍 빛 속에 노출됐다.

땅딸막하지만 다부진 체격의 사내, 사막에서 사경을 헤매다 십이천문의 사람들에게 구원받은 금림의 행수 여망이다.

"여망, 이 친구!"

젊은 두 행수가 누가 먼저랄 것도 없이 여망을 끌어안았다.

"살아 있었어. 정말 살아 있었군."

여망을 안은 행수들이 연신 탄성을 흘려냈다.

"거, 좀 조용히 해! 사내새끼들이 왜 그렇게 방정맞아! 밖에서 다 들리겠어!"

멀리서 음식을 준비하던 노파가 핀잔을 주고 나서야 세 사람이 서로에게서 떨어졌다.

"자자, 일단 앉자."

여망이 두 행수를 자신이 앉아 있던 곳으로 데려가 자리에 앉혔다.

그러고는 자신도 본래 앉아 있던 자리에 앉더니 두 사람을 보며 물었다.

"뒤는 조심했겠지?"

"걱정 마라. 다른 때보다 훨씬 조심했으니까. 그런데 대체 어찌 된 일이야? 명기는 자네가 서역 고원지대의 위태로운 길을 지나다가 실족해 산 아래로 떨어진 후 실종되었다고 하던데."

"그놈이 그래?"

여망이 눈을 부라리며 물었다.

"그렇게 말하더라고. 물론 믿기지 않았지만."

"그 자식… 날 배신했어."

"뭐? 배신?"

"그래. 그놈이 림주의 밀명을 받고 날 사막에 버려두고 왔다. 물 한 모금 남기지 않고. 이젠 그 빚을 갚아야겠다. 그래서 너희가 도와줘야겠어!"

제6장
다 된 밥에 재 뿌리기

한혈마라 불리는 대완의 말을 타는 사람은 많지 않다. 제법 규모가 되는 무가의 수장이나, 혹은 한 성의 성주들이나 탈 수 있는 명마가 한혈마다.

그런데 그 한혈마로 보이는 말을 타고 강변을 따라 질주하는 자들이 있었다.

한두 마리도 아니고 십여 필에 이르는 한혈마의 무리다.

사람 숫자는 일곱, 나머지 세 필의 말 등에는 제법 부피가 큰 짐이 실려 있었다.

무가의 수장이나 성주가 아닌 이상 구할 수 없다는 귀한 말에 짐을 싣고 다닐 수 있는 사람은 누가 있을까.

오직 한 부류의 사람들만이 이런 일을 할 수 있다. 가진 재물로 귀신을 부릴 수 있는 거부들이다.

그리고 천룡표국은 그런 거부에 속하는 표국이었다.

특히 그들은 감숙과 청해, 그리고 둔황을 거쳐 천산을 지나 서역으로 이어지는 변경의 상로를 장악하고 있는 표국이었다.

덕분에 다른 어떤 가문들보다 달리면 피땀을 흘린다는 한혈마를 구하기 쉬운 사람들이었다.

두두두!

아직 말 등에서 땀이 흐르지는 않았다.

느리지도 빠르지도 않게 달리는 말들은 오히려 좀 더 속도를 내지 못하는 것이 답답한 듯 보였다.

그러나 그런 말들의 마음을 아는지 모르는지 말을 모는 일행이 갑자기 가던 길을 멈춰 섰다.

히히힝!

꿈틀거리는 근육을 일으켜 세우며 울부짖는 말들의 울음소리가 사자의 울음소리처럼 강렬하다.

그러나 아무리 그래도 말은 결국 사람에게 길들여진 동물이다.

말을 탄 자들이 능숙하게 말들을 진정시키고는 손을 들어 햇살을 가리며 먼 곳을 바라봤다.

거대한 장원, 그리고 그 장원 뒤쪽으로 더 거대한 성(城)이 아스라이 보인다.

낙양이다.

고대로부터 내려오는 유서 깊은 성(城)이기는 하나 언제부터인가는 그 정기를 잃고 쇠락해 가는 성이다.

그러나 역사의 힘은 무시할 수 없어서 여전히 천하에서 가장

가보고 싶은 성 중 하나로 꼽히는 곳이기도 하다.

그리고 그로부터 사오 리 떨어진 숲속에 거대한 장원이 자리잡고 있다. 오늘 천룡표국 일행이 그 귀하다는 한혈마를 타고 가려고 하는 목적지였다.

"금림… 역시 대단하군요."

말에서 내리지 않은 채 삼십 전후로 보이는 사내가 입을 열었다.

금색 비단으로 이마를 두른 사내는 누가 봐도 귀하게 태어난 인생임이 분명했다.

사내의 이름은 목인홍, 천하를 사 등분 할 때 서북쪽의 상로를 장악하고 있는 천룡표국의 소국주 목인홍이 바로 그다.

"다섯 개의 가문이 모여 시작한 곳입니다. 애초부터 장원의 크기를 넓게 잡았다고 하더군요. 하나이되 서로의 존재를 존중하는 의미에서……."

대표두 이자두가 대답했다.

최근 들어 가장 뜨거웠던 강호의 혈풍, 구패의 일파인 송가장의 몰락조차도 그 혈풍에 비하면 작은 일로 치부될 만큼 강렬하게 강호를 뒤흔든 천산혈사의 시작이었던 인물이 대표두 이자두다.

그에 의해 전신극의 주인에 대한 소문이 중원 전체로 퍼졌고, 그 소문이 천하의 야심가들을 천산으로 불러들였으며, 그곳에서 근래에 보기 드문 대참사가 일어났던 것이다.

물론 세상사가 대부분 그렇듯이 그 시작이 되었던 이자두는 천산혈사에서 자유로웠다.

그는 전신극의 주인과 적풍사 무리의 격돌을 목격한 이후 무사히 장안의 천룡표국으로 돌아와 큰 이득을 남기며 서역 표행을 마쳤다.

천산에서 수백의 무림인이 죽었으나 그 일은 그의 책임이 아니었고, 그가 막을 수 있는 일도 아니었다.

그래서 그는 천산혈사에 대해 어떤 책임감도 느끼지 않았다.

대신 천룡표국이 천하제일표국으로 성장할 기회를 잡기 위해 표국주 목중령이 계획한 일에 투입됐다.

천룡표국과 금림의 혼사, 상계의 가문들이기는 하나 두 가문의 특성이 다른 만큼 일단 이 혼사가 이뤄지면 양쪽 모두에게 큰 도약의 기회가 될 것이 분명한 혼사였다.

지금도 두 가문은 상계에서 내로라하는 가문들이었다. 그런 두 가문이 혈족으로 이어지면 달리는 말에 날개를 다는 격이 된다는 것을 모를 사람은 없었다.

그래서 노련한 대표두 이자두가 소국주 목인홍을 호위해 이곳, 낙양에 와 있는 것이다.

"오면서 들으니 상황이 좀 변했더군요."

목인홍의 얼굴에 약간이 걱정이 서려 있다.

"금림이 황궁과 정식으로 거래를 하게 된 일 말입니까?"

이자두가 물었다.

"그렇습니다. 금림의 조건이 더 까다로워질 수 있겠어요."

본래 두 가문의 혼사에서 우위에 있던 곳은 천룡표국이었다.

금력을 저울질하자면 비슷했지만 서역의 상로를 완전히 장악하고 있는 천룡표국이 상계에서 가지는 힘이 더 강했기 때문이다.

더군다나 아무리 비밀을 지키려 해도 림주의 딸 맹소소가 금림의 상인으로 키워진 사람과 혼인을 하려 했다는 사실도 천룡표국은 이미 알고 있었다.

그런 모든 것들이 이 혼사를 천룡표국이 주도할 수 있는 상황으로 만들고 있었는데, 두 사람이 혼사를 확정 짓기 위해 금림으로 오는 동안 상황이 변한 것이다.

금림과 황궁의 거래, 그 어려운 일을 금림이 해냈고, 그 순간 천룡표국과 금림의 관계는 대등해지거나 혹은 역전된 것이나 마찬가지였다.

무림과는 달리 상계에서 황궁을 등에 업은 가문은 무소불위의 힘을 가지게 된 것이나 마찬가지였다. 그리고 그 사실을 누구보다 잘 알고 있는 곳이 천룡표국이었다.

"그렇다고 해도 그들이 이 혼사를 거부하진 못할 겁니다."

"혼인의 가부가 문제가 아니라 조건이 문제지요."

목인홍이 말했다.

"설마 무리한 것을 요구하겠습니까?"

"또 모르지요. 제가 일정 기간 금림에 머물기를 원할지도……."

"설마 데릴사위 노릇을 하라고야……."

이자두가 고개를 저었다. 절대 그럴 일은 없을 거란 뜻이다.

"떠나기 전 아버님이 이런 말씀을 하셨습니다. 금림의 림주는 기다릴 줄 아는 사람이다. 그리고 일단 기회가 오면 그 기다림의 시간을 단번에 역전시킬 줄 아는 사람이라고요. 그가 오대성씨의 후예들이 공동으로 지배하던 금림을 장악하는 과정을 보면 기회가 왔을 때는 확실히 상대의 목줄을 조일 줄 아는 포악함이 있다는 겁니다."

목인홍의 말에 이자두의 표정도 변했다.

"미리 생각을 해둬야겠군요."

"흐흠… 만약 그런 제안을 하면 어찌할지… 어떻게 해야겠습니까?"

본래 목인홍은 귀하게 태어난 신분이어서 표국 내에서도 도도한 성정으로 유명했다.

하지만 그런 그도 대표두 이자두에게는 깍듯하게 존대를 했는데, 그만큼 이자두가 천룡표국에서 차지하는 비중이 크기 때문이다.

또한 이런 경우 이자두가 좋은 해결책을 내길 바라는 마음도 있었다.

목인홍의 질문에 이자두가 잠시 생각에 잠겼다가 가벼운 미소를 지으며 대답했다.

"생각보단 간단한 문제군요."

"어떻게 말입니까?"

"대답을 미루면 됩니다. 이곳에 국주께서 계시는 것이 아니지 않습니까? 혼사 이후의 일은 국주님과 림주가 만났을 때 결정하는 것으로……."

"아! 그렇군요."

목인홍이 무척 간단한 해결책이 있었다는 것을 깨닫고는 고개를 끄떡였다.

"중요한 것은 오히려 맹소소 그분입니다."

"그녀가 왜요?"

"그분의 마음을 얻는다면 사실 혼인의 조건 같은 것은 아무런 의미가 없지요. 맹 림주에게는 오직 그분 한 명의 혈육만 있지 않습니까? 그분의 마음을 얻으면 모든 것은 소국주의 뜻대로 하실 수 있을 겁니다."

"흐음… 그도 그렇군. 여인이란 마음을 준 사내의 뜻에 무조건 따르게 되어 있으니까."

"바로 그겁니다."

"그런 거라면… 내가 제법 계집들을 다룰 줄 알지요. 하하하!"

목인홍이 걱정을 덜었다는 듯 호탕한 목소리로 웃음을 터뜨렸다.

"가시지요. 조금만 더 가면 마중을 나온 사람들이 있을 겁니다."

이자두가 웃으며 길을 재촉했다.

"그러지요. 궁금하군요. 상계제일미라 불리는 그녀의 얼굴이."

목인홍이 묘한 미소를 지으며 대답했다.

* * *

타타탁!

단언컨대 금림이 상계의 거목으로 자리 잡은 이후 그 주방이 이렇게 바쁜 날이 없었다.

그렇다고 손님이 아주 많이 온 것도 아니었다. 겨우 일곱 명. 그런데도 주방은 큰 연회를 준비할 때보다도 바쁘고 긴장돼 있었다.

더군다나 일곱 명의 손님을 위해 준비하는 음식치고는 그 양이 너무 많았다.

한쪽에 채소와 물고기, 그리고 돼지고기와 오리고기 등이 산더미처럼 쌓여 있었다.

절대 일곱 명의 손님을 위해 준비한 식재료들은 아니었다.

금림의 림주 맹자치의 특별한 명이 오늘 금림의 주방을 이렇게 분주하게 만들었다.

귀한 손님이 온 것을 환영하는 뜻에서 금림의 모든 식솔들에게도 특별한 저녁을 준비하라. 맹자치가 주방에 내린 명이었다.

물론 이런 거창한 손님맞이의 의미를 모르는 사람은 없었다.

상대는 천룡표국의 소국주 목인홍 일행, 또한 림주 맹자치의 무남독녀 맹소소와의 혼사를 결정하기 위해 온 손님이었다.

이 혼사가 그냥 두 남녀가 부부의 연을 맺는 것이 아니라 금림과 천룡표국의 미래를 좌우할 중요한 의미를 지닌 일이라는 것을 알기에, 금림의 사람들도 각별한 관심을 가질 수밖에 없었다.

그래서 주방의 움직임은 분주하면서도 무척 진중했다.

음식 하나가 잘못 나가 양쪽 가문의 혼사가 깨질 수도 있기 때문에 미리 천룡표국 소국주의 식성과 기호, 그리고 그 수행원들의 입맛까지 알아본 금림이었다.

"자자, 너무 긴장하지들 말아. 그놈이나 이놈이나 주둥이는 하나야. 맛보는 혀도 하나고. 평소 하던 대로 해!"

긴장감이 넘치는 주방에서 유일하게 긴장하지 않고 있는 사람, 중년의 나이에 금림의 주방에 들어와 어느새 주방을 책임지는 대숙수의 자리에 오른 요리사 두충이 주방의 숙수들에게 소리쳤다.

긴장을 하면 음식이 제대로 나오지 않는다는 것을 누구보다 잘 알고 있기 때문이었다.

두충이 림주와 손님들 방에 나갈 음식들을 죽 살펴보고는 이번에는 발걸음을 돌려 금림의 식구들에게 나갈 음식을 준비하고 있는 숙수들 쪽으로 걸어갔다.

"어때?"

"잘되어가고 있습니다."

두충의 밑에서 수년간 일해온 중년의 요리사 주돈이 이마의 땀을 닦으며 대답했다.

"양이 좀 많지?"

"다른 때도 이 정도는 했지요. 다만 재료들이 귀한 것들이니 조금 더 신경 쓰고 있습니다."

"좋아. 주돈, 자네 실력이 날로 느는군. 이젠 주방을 물려받아도 되겠어."

"무슨 말씀을요. 저야 대숙수님을 따라가려면 아직 멀었습니다."

"아니야. 나도 이젠 나이가 들어서 칼 들 힘도 없고… 조만간 주방을 떠나려고 생각 중이야."

"정말이십니까?"

주돈이 놀란 표정으로 두충을 바라봤다.

"정말이지. 그럼 내가 자네에게 거짓말을 할까. 내가 떠나면 자네가 이 주방을 맡게 될 거야."

"아니, 이곳을 떠나면 어디로 가시려고?"

"그동안 모아둔 금자도 적지 않고 하니 더 늙기 전에 세상 구경이나 해야지. 그나저나 무관에 나갈 음식들이 저건가?"

"예, 오늘은 무관의 사람들이 고생을 해야 하는 날이라 가장 먼저 만들었습니다."

주돈이 얼른 대답했다.

그러자 두충이 무명천으로 덮여 있는 음식들이 있는 곳으로 걸음을 옮겼다.

"무관의 사람들은 힘을 쓰는 사람들이라 고기를 푸짐하게 준비했습니다."

두충을 따라오며 주돈이 말했다.

금림에서 무관은 조금 특별한 취급을 받는다.

금림은 상계의 가문이지만 그렇다고 무력이 필요 없는 곳은 아니다. 상행을 나갈 때 상단을 보호할 무인들이 필요하고, 림주 이하 오대성씨의 호위를 맡을 무인들도 필요하다.

물론 금림의 주요 행수들은 림주의 배려로 약간씩의 무공을 수련할 기회를 얻게 되지만 그래도 태생은 상인. 무림에서 잔뼈가 굵은 무인들은 반드시 필요했다.

그래서 금림에서는 매년 거금을 들여 강호의 무인들을 고용한다.

고용된 무인들은 무관이라는 곳에 묵는데, 금자를 주고 고용한 무인들이라 오랫동안 금림에서 생활한 사람들과는 다른 대우를 받았다.

특별하지만 그렇다고 온전한 금림의 식구는 아닌 사람들, 항상 손님 같은 사람들이 무관의 무사들이었고, 또 사실 이삼 년 이상 금림에 머무는 경우가 드문 사람들이었다.

손님 같은 존재들이지만 오늘 같은 날은 금림 주변 경계에 특별히 신경을 써야 해서 가장 고생을 많이 하는 사람들이라 그들을 위해 특별한 음식을 준비하는 것이 관례였다.

“아, 자넨 가서 볼일 봐. 바쁜데.”

무관 사람들에게 보낼 음식을 살피러 가다 뒤따르는 주돈을 보며 두충이 손짓을 했다.

“알겠습니다, 대숙수님!”

주돈은 그렇잖아도 바쁜 상황이었기에 대답을 하고 얼른 본래 자신이 일하던 곳으로 다가갔다.

“보자…….”

무관으로 나갈 음식들이 준비된 곳에 도착한 두충이 면포에 덮여 있는 음식들을 하나하나 들춰보며 맛을 보거나 향을 맡았다.

음식들을 살피는 손길과 표정이 무척 세심해서 준비된 음식들을 내갈 준비를 하고 있던 주방 일꾼들이 긴장한 표정으로 두충의 반응을 살피고 있었다.

그렇게 한동안 음식들을 살핀 두충이 손뼉을 치며 말했다.

“좋아. 모두 잘 준비됐군. 나가도 되겠어. 가져들 가. 아. 주광에서 술도 몇 동 가져가고."

"예, 대숙수님!"

주방 일꾼들이 별 탈 없이 음식을 내가도 된다는 허락이 떨어지자 긴장을 풀고는 힘차게 대답했다.

주방 일꾼들이 서둘러 무관으로 가져갈 음식들을 나르기 시작했다.

그 모습을 보고 있던 두충이 머리를 긁적이며 혼잣말을 중얼거렸다.

"그래도 좀 그렇군. 몇십 년 요리를 하며 살아온 나인데 음식에 장난을 치는 게… 에휴, 녀석을 위해 한 일이지만 그래도 숙수의 도리를 어겼으니 내일부터는 정말 주방에 들어오지 않으련다. 대신 이 손에는 식도 대신 다른 칼이 들리겠지."

*　　　*　　　*

이상한 일이 벌어지고 있었다. 그러나 그 누구도 이 변화를 제대로 눈치채지 못했다.

초저녁부터 흥청거린 금림의 장원이 어느 순간부터 쥐 죽은 듯 조용해졌다.

귀한 손님을 환영하는 뜻에서 금림의 모든 식솔들에게 귀한 음식이 제공되었고, 평소에 맛보기 힘든 술도 아낌없이 풀었다.

그렇다면 밤늦게까지 장원 전체가 흥청거려야 함에도 불구하고 어느 순간부터 금림의 장원은 고요 속에 빠져들기 시작했다.

그런데 그런 변화를 제대로 눈치챈 사람이 없다는 것이 더 이상한 일이었다.

건너편 건물에서, 혹은 벽이 붙어 있는 가까운 방에서 들려오는 소란스러움이 사라졌음에도 누구도 그 변화를 심각하게 받아들이지 않았다.

이유는 간단했다.

이상함을 느껴야 할 그들조차도 조용해진 무리에 포함됐기 때문이었다.

"하하하!"

유일하게 소란스러움이 가시지 않는 곳, 맹자치의 숙소에서는 여전히 웃음소리가 터져 나오고 있었다.

모든 일은 맹자치가 원하는 대로 이뤄졌다.

황궁과 거래를 튼 금림과 천룡표국의 혼사는 일사천리로 진행되었다.

유유상종이라고, 귀하게 자란 공통점을 가진 천룡표국의 소국주 목인홍과 맹자치의 무남독녀 맹소소 역시 첫 만남부터 서로에게 호감을 가졌다.

그래서 두 가문은 망설임 없이 이 혼사에 동의했다.

물론 이 혼사를 통해 서로가 주고받아야 할 것들을 상의할 일이 남아 있기는 했다. 하지만 그건 내일 날이 밝고 술이 깬 이후에 맑은 정신으로 거래할 일이고, 오늘 밤은 혼사의 약속을 축하하는 술자리가 밤늦게까지 이어지고 있었다.

귀한 손님이 찾은 덕에 림주 맹자치의 거처는 철저히 외부와 차단되어 있었다. 그래서 그들 중 누구도 침묵에 빠진 장원의 변화를 눈치채지 못하고 있었다.

물론 그건 맹자치 등 거처 안에서 주홍을 즐기는 사람들에게만 해당하는 일이어야 했다.

그런데 맹자치의 거처 문밖에서 경계를 서는 자들 역시 장원의 변화를 눈치채지 못하고 있었다.

이유는 같았다. 그들 역시 깊은 침묵에 빠져들기 시작했기 때문이다.

그렇다고 사람들이 완전히 잠이 든 것은 아니었다. 그들은 분명 경계를 서고 있었다. 그러나 평소에 그토록 밝던 그들의 눈은 초점을 잃고 있었고, 몸은 조금씩 앞뒤로 흔들리고 있었다.

그들은 마치 만취한 사람들 같은 모습을 보이고 있었던 것이다.

툭!

가벼운 손놀림에도 림주의 거처 십여 장 밖에서 경계를 서던 무사가 그대로 허물어져 내렸다.

죽은 것은 아니었다.

누군가의 손에 수혈이 제압되어 깊은 잠에 빠져든 것이다.

"이거 너무 쉬운 거 아니오?"

한 무리의 사람들이 거의 동시에 쓰러진 십여 명의 경비 무사들 앞에 나타났다.

허탈한 표정으로 말을 한 사람은 비단 장삼을 입고 머리에 검은 건을 쓴 인물이었는데 차림새로 보아 귀한 신분을 가진 자가 분명했다.

"그러게 말이외다. 여 행수, 정말 많은 준비를 해두었구려."

이번에는 역시 비단 장삼을 입었지만 흰색 건을 쓴 자가 고개를 돌려 여망을 보며 말했다.

"이 정도 준비도 않고 어찌 두 분께 제 후원자가 되어달라 부탁했겠습니까?"

여망이 미소를 지으며 대답했다.

낙양에 은밀히 스며들어 온 여망이 오늘 밤은 당당하게 금림을 활보하고 있었다.

"대체 어떻게 한 것이오?"

검은 건을 쓴 사내가 물었다.

중년의 나이로 보이는 사내의 이름은 호괄, 금림을 만든 오대성씨 중 호씨 성을 쓰는 자들의 우두머리가 그다.

그의 옆에 흰색 건을 쓴 초로의 사내는 이조광이라는 인물로, 역시 금림의 오대성씨 중 이씨 성을 쓰는 일족의 수장이었다.

이들은 평소 맹자치의 독주에 큰 불만을 품고 있었다. 그래서 여망이 자신들에게 손을 내밀었을 때 서슴없이 여망의 손을 잡았다.

그리고 오늘 일생일대의 도박을 시도하기 위해 목숨을 버릴 각오로 나선 길이었는데 림주 맹자치를 만나러 가는 길이 너무 수월했던 것이다.

"수면독(睡眠毒)을 썼습니다."

"수면독이라니. 그런 독도 있소?"

여망의 대답에 호괄이 놀란 눈빛으로 되물었다.

"세상에 잘 알려지지 않은 독이지요. 독이지만 사실 독이라고 할 수도 없습니다. 사람을 졸리게 만드는 것을 독이라고 하기는 어려우니."

"음, 하긴 잠을 못 이루는 사람에게는 독이 아니라 약일 수도 있겠구려."

이조광이 고개를 끄떡였다.

"그렇지요. 약과 독의 경계가 모호한 물건입니다."

"하지만 어떻게 금림의 모든 사람들에게 그 수면독을 복용시킬 수 있었단 말이오?"

여전히 의문이 남은 호괄이 물었다.

"그들 모두 오늘 배부르게 귀한 음식과 술을 먹었으니까요."

여망이 대답했다.

"하면 주방에서……?"

"그렇습니다."

"하지만 주방에서 하독을 하는 것은 결코 쉬운 일이 아닌데… 특히 대숙수 두충의 눈은 보통 날카로운 것이 아니지 않소?"

비록 숙수에 지나지 않지만 두충은 금림에선 제법 유명한 인물이었다.

오랜 세월 금림의 주방을 책임지고 있기도 하지만, 그의 눈썰미가 무공의 고수 못지않게 날카로워 단 한 번도 금림의 음식에서 사고가 난 적이 없기 때문이다.

"자세한 것은 나중에 말씀드리지요."

여망이 림주 맹자치의 처소를 가리키며 말했다.

지금 급한 것은 어떻게 수면독으로 금림의 문도들을 잠들게 만들었는지 그 방법을 듣는 것이 아니었다.

지금은 대어(大漁)를 사냥할 때였다.

"아, 그렇구려. 그런데… 림주와 함께 있는 사람들은 수면독에 취하지 않은 것 같소만."

"그렇습니다."

"하면… 위험한 일 아니오?"

호괄이 걱정스러운 빛을 보였다.

독에 취하지 않은 림주 맹자치는 여전히 그들에게 두려운 존재인 모양이다.

"걱정하실 필요 없습니다. 림주를 상대할 자신이 있으니까요."

"하지만 그의 곁에는 구여성과 상중산이 있소. 그들은 강호에서도 절정고수 소리를 듣는 자들이오. 또 대행수 육천웅과 신첨 역시 무공에 일가견이 있고. 조가의 조팔과 강가의 강은상 두 사람 역시 림주의 편에 선 자들이 아니오."

이조광이 심각한 표정으로 말했다.

조팔과 강은상은 금림의 오대성씨 중 나머지 두 성씨의 우두머리들이다.

평소 림주와 가까운 덕에 그들은 오늘 특별히 림주 맹자치의 초대를 받아 그의 거처에서 열리는 천룡표국 손님들과의 연회에 참석하고 있었다.

"그렇다 해도 자신 있습니다. 전 일을 허투루 준비하는 사람이 아닙니다. 그리고, 조팔과 강은상 두 사람은 두 분께서 설득해 주실 수 있지 않습니까? 우리 쪽에 서는 것이 아니라 단지 중립을 유지하면 됩니다. 뭐, 그도 아니면 이제부터 금림의 오대성씨는 이대 성씨만 남아 두 분께서 주도하시게 되겠지요."

워낙 자신 있는 여망의 말투에 호괄과 이조광은 내심 불안하면서도 여망의 말을 믿을 수밖에 없었다.

"알겠소. 우린 여 행수만 믿겠소."

"그럼 가실까요? 이제 림주에게 맡겨두었던 금림의 주인 자리를 되찾으셔야지요."

여망이 빙그레 미소를 짓고는 성큼성큼 맹자치의 거처로 걸어 들어갔다.

그의 뒤를 이십여 명의 사람들이 뒤따랐는데 그중에는 적월도 섞여 있었다.

"하하하, 사위, 앞으로 사위가 천하제일의 거상이 될 거야. 금림과 천룡표국이 자네의 손에 있으니 무서울 게 없을 것이네."

맹자치가 자신의 잔에 술을 채우는 목인홍을 보며 연신 너털웃음을 터뜨렸다.

"아직은 부족한 게 많습니다. 장인어른의 도움이 많이 필요합니다."

목인홍이 평소의 그답지 않게 겸손함을 드러낸다. 물론 그의 겸손함이 진심이 아님은 장내에 있는 모든 사람들이 알고 있었다.

"아닐세. 내 이미 사위의 능력이 국주님과 견줄 수 있다는 소문을 듣고 있었네. 오늘 보니 그 소문이 결코 과장된 것이 아니구먼."

"과찬이십니다."

목인홍이 가볍게 고개를 숙여 보인다.

그런 목인홍이 못내 마음에 드는지 맹자치가 큰 소리로 외쳤다.

"오늘 금림의 술을 모두 바닥내겠다. 게 없느냐? 술을 더 들여라!"

맹자치의 호기로운 명을 기다렸다는 듯이 방문이 열렸다.

그런데 방문이 열리는 순간 갑자기 맹자치 곁에서 묵묵히 술잔을 기울이고 있던 금림의 고수 구여성과 상중산이 동시에 몸을 일으켰다.

그들의 손은 어느새 허리춤에 달려 있는 도검을 잡고 있었다.

갑작스러운 두 사람의 행동에 맹자치와 목인홍 등 흥겨움에 취해 있던 자들이 놀란 눈으로 두 사람을, 그리고 두 사람이 노려보며 열린 문으로 들어오는 자들에게 향했다.

직후 맹자치의 입에서 경악스러운 음성이 흘러나왔다.

"여… 망!"

스스로 말하고도 믿을 수 없다는 표정을 짓고 있는 맹자치에게 방 안으로 성큼성큼 들어선 여망이 포권을 하며 인사를 했다.

"행수 여망, 복귀를 보고드립니다."

여망의 천연덕스러운 인사에 맹자치의 말문이 막혔다.

그러자 그의 곁에 앉아 있던 대행수 육천웅이 여망을 보며 소리쳤다.

"여망, 네놈이 어찌!"

"이거 서운하군요. 금림을 위해 천 근의 사향을 구해 보내고, 그 와중에 길을 잃어 사경을 헤매다 돌아온 사람에게 놈이라니요. 마땅히 환대하고 큰 상을 내려주셔야 하는 것 아니겠습니까? 아니, 상을 주기 전에 술 한 잔은 주셔야지요."

쿵쿵!

평소의 그답지 않게 걸걸한 대꾸를 한 여망이 성큼성큼 걸음을 옮겨 술상 앞에 다가서더니, 술병을 들어 옥잔에 가득 따랐다.

그러고는 술잔을 들어 맹자치에게 한 번 겨누어 보이고는 서슴없이 술잔을 비웠다.

"하! 좋군. 마셔보니 사천의 분주! 제가 삼 년 전에 사천에서 가져온 것이군요."

여망이 맹자치를 보며 말했다.

"네가 어찌……."

"사람이 아닌 것 같습니까?"

"분명 네놈은 죽었다고 했는데……."

"그럼 제가 귀신이겠습니까?"

번쩍!

한순간 여망의 손이 사람들의 눈에 보이지 않을 정도로 빠르게 움직였다.

그러자 어느새 그의 손에 들린 차가운 검이 앞에 놓인 술상을 정확하게 반으로 갈랐다.

쿠쿵!

눈 깜짝할 사이에 반으로 갈린 술상이 잠시 그 형체를 유지하다 결국 상 위에 놓인 음식들의 무게를 이기지 못하고 그 자리에 무너져 내렸다.

"이놈! 무슨 짓이냐?"

맹자치가 상을 잘라 버린 여망의 행동에 놀라 소리쳤다.

그사이 그가 믿고 있는 절정고수 구여성과 상중산이 미끄러지듯 움직여 맹자치의 앞을 가로막았다.

여망의 살수를 방비하기 위한 것이다.

"림주야말로 제게 무슨 짓을 한 겁니까?"

여망이 검을 든 채 두 절정고수 뒤에 서 있는 맹자치의 눈을 노려보며 물었다.

그러자 맹자치가 말문이 막힌 듯 대답을 하지 못하다가 이내 소리쳤다.

"내가 네놈에게 무슨 짓을 했다는 말이냐?"

"지금 림주께서 제게 한 일을 부인하시는 겁니까?"

"고원의 험로에서 길을 잃고 상단에서 이탈했으면 그 죄가 오히려 크거늘, 감히 뒤늦게 돌아와서는 내게 따지려 드는 것이냐?"

맹자치가 소리쳤다.

"후후, 역시 림주다운 대답이시구려. 하지만 이렇게 발뺌을 할 줄 알고 내 증인을 데려왔소."

"증인? 무슨 증인을 데려왔다는 거냐? 어디 한 번 보여봐라."

맹자치가 한 치도 물러서지 않고 소리쳤다.

그러자 여망이 맹자치를 한 번 노려보고는 뒤를 보며 소리쳤다.

"친구들, 그놈을 데려오게."

여망의 말이 끝나자마자 그의 뒤쪽에 서 있던 사람들 중 두 사람이 한 사람의 팔짱을 양쪽에서 끼고 질질 끌어 앞으로 데려와 무너진 탁자 앞에 내동댕이쳤다.

"욱!"

바닥에 무릎을 꿇듯 주저앉은 사내의 입에서 신음 소리가 흘러나왔다.

"이놈이 누군지는 아시겠지요?"

여망이 맹자치를 보며 물었다.

"이런 악독한 놈을 보았나. 그는 네 죽마고우인 정명기가 아니냐? 감히 친구를 걷지도 못하게 만들었단 말이냐?"

"글쎄… 그 친구가 날 사막 한가운데 물 한 방울 주지 않고 버려두고 가지 않았습니까. 그래서 내가 그 답례를 한 거지요. 그런데 이 친구가 말하기를 그 일은 림주가 명한 일이라고 하던데… 아닙니까?"

"그놈이 감히 그런 거짓말을 했단 말이냐?"

부인할 수 없는 상황임에도 불구하고 맹자치는 일단 자신이 한 일을 부인했다.

그러자 여망이 고개를 숙이고 있는 정명기의 턱을 발로 들어 올리며 말했다.

"명기 이 친구야. 보라고. 네가 날 배신하면서 섬기려고 한 주인이 저런 인물이라고. 자신이 한 일조차도 당당하게 시인하지 못하는! 어리석은 친구. 저런 사람을 위해 날 배신했단 말인가?"

"크으으, 여망… 날, 날 용서해 주게. 나도 어쩔 수 없었어. 림주의 명을 거역하면 내 가족을 모두 죽인다고 했단 말일세."

정명기가 피가 흐르는 입으로 변명을 늘어놓았다.

"아니지. 그보다는 향후 대행수의 자리를 약속했기 때문에 벌인 일이겠지."

"……."

정명기가 여망의 말을 부인하지 못했다.

여망의 말이 사실이기 때문이었다. 림주 맹자치의 협박도 협박이지만 그가 내민 당근이 워낙 달콤했다.

금림의 대행수, 그건 상계에선 손에 꼽히는 특권을 누릴 수 있는 지위였다.

"림주… 이 지경이 되었는데도 림주가 내린 명을 부인하실 거요?"

"이… 놈!"

맹자치가 여망을 노려보며 이를 갈았다.

여망이 부인하는 맹자치를 잠시 바라보다 어느새 장내에서 벗어나 대여섯 걸음 뒤로 물러나 있는 목인홍과 이자두 등 천룡표국 사람들을 바라보며 말했다.

"천룡표국의 손님들께서는 자리를 좀 비켜주시겠습니까? 이 일은 금림 내부의 일이라 외인의 눈이 불편하군요."

"그, 그건……."

목인홍이 무슨 말인가를 하려는데 이자두가 재빨리 그의 소매를 낚아채며 말을 막았다.

그러고는 목인홍 대신 그 자신이 입을 열었다.

"당신이 사향을 구하러 갔다가 실종되었다는 행수 여망이오?"

"보고 들으신 대로입니다."

여망이 대답했다.

그러자 이자두가 신중하게 입을 열었다.

"어찌 된 일인지 자세한 것을 알 수 없으나, 우리 천룡표국이 온전히 외인이랄 수는 없소. 들었는지 모르겠지만 지금 양 가문은 혼사를 약속한 상황이오."

"아직 혼례를 올린 것은 아니지요?"

여망이 반박했다.

"물론 그렇소. 하지만 약속은 약속이니 이젠 금림의 일을 나 몰라라 할 수 없는 처지요."

"그래서… 오늘 림주의 편에서 검이라도 들겠다는 것이오?"

여망이 몸을 이자두 쪽으로 돌리며 물었다.

지금까지는 이자두를 손님으로서 대했지만, 이자두가 금림의 일에 관여하겠다고 하자 그를 대하는 목소리와 표정이 냉정하게 변한 여망이다.

그런 여망의 변화에 이자두도 화가 난 듯 물었다.

"그런 여 행수는 지금 우리 천룡표국을 협박하는 것인가?"

이자두의 반발은 기대했던 답 대신 진정한 협박으로 돌아왔다.

"그렇소. 만약 그대들이 림주의 편에 서겠다면 곧 나의 적이 되는 것이오. 그렇다면 오늘 이곳에서 살아 돌아갈 생각은 하지 마시오. 선택은 그대들의 몫, 지금 금림을 나가겠다면 조용히 보내주겠소. 하지만 림주의 편에서 날 상대하겠다면 그것도 좋소. 난 이미 한 번 죽은 목숨, 두려워할 것이 아무것도 없소. 그런데 당신들은 과연 목숨을 걸 용기가 있소?"

한 치도 양보를 하지 않은 여망의 기세에 이자두의 얼굴이 어두워졌다. 본래 이런 자신감은 준비가 철저하지 않으면 나타날 수 없는 것이기 때문이다.

그런데 그때 잠시 침묵을 지키던 맹자치의 노성이 터져 나왔다.

"밖에 놈들은 뭣들 하느냐? 감히 금림의 배신자가 나타나 나와 손님을 겁박하는 것을 지켜보고만 있는가? 당장 림의 무사들을 불러오라!"

여망의 급작스러운 등장에 잠시 정신을 차리지 못했던 맹자치가 어느새 냉정을 회복한 모습이다.

이곳은 금림이고, 금림은 맹자치 자신의 것이다. 금림에 있는 수많은 사람들 역시 자신의 명에 따라 움직인다.

그러니 여망이 어떻게 이곳까지 숨어들어 왔는지 모르지만 무관의 무사들만 달려오면 이 싸움은 굳이 해볼 필요도 없었다.

그 사실을 뒤늦게 깨달은 맹자치의 서늘한 노성이 그의 거처를 벗어나 사방으로 퍼져 나갔다.

그러나 이상하게도 그의 명에 반응하는 움직임은 전혀 일어나지 않았다.

"림주… 내가 이곳에 올 때 아무런 준비도 없이 왔을 것 같소? 지금 금림에서 맹주의 명에 달려올 무사는 아무도 없소."

여망이 한 줄기 비웃음을 흘리며 말했다.

"이놈… 대체 무슨 짓을?"

"오늘의 일은 오직 림주와 나 사이의 문제, 괜히 다른 식솔들의 피를 흘리고 싶지 않아 금림의 식구들은 모두 푹 쉬게 해두었소."

"그게 무슨 소리냐?"

대행수 육천웅이 소리쳤다.

"아마 푹 자고 있을 거요. 모두……."

"이놈, 어디서 간교한 혀를 놀리느냐? 그게 어찌 가능하단 말이냐? 금림의 식구가 몇인데……."

대행수 신첨 역시 여망의 말을 믿지 못하겠다는 듯 눈을 부라렸다.

"대행수씩이나 되는 분들이 그렇게 눈치가 없소? 만약 지금 장원의 누구라도 깨어 있다면 림주의 거처가 이렇게 소란한데 아무도 달려오지 않았겠소? 그러니 더 이상 다른 사람의 도움을 기다리지 마시오. 아! 대행수 두 분께도 같은 제안을 하겠소. 아니지. 두 분 말고도 조 대인과 강 대인께도 같은 부탁을 드리겠습니다. 아마 제게 어떤 일이 있었는지는 모두 짐작하실 겁니다. 그러니 나와 림주의 일에는 관여치 마시지요?"

여망이 조씨가의 우두머리 조팔과 강씨가의 우두머리 강은상 두 사람을 보며 말했다.

그러자 두 사람이 당황한 빛을 보이다가 슬그머니 뒷걸음으로 사오 장 물러났다.

자신들은 이 문제에 개입하지 않겠다는 의미였다. 눈치 빠른 두 사람이 여망의 준비가 예사롭지 않다고 판단한 것이다.

하지만 대행수 육천웅과 신첨은 오히려 림주 맹자치 옆으로 다가서며 그를 지키겠다는 의지를 내보였다.

여망의 시선이 다시 천룡표국의 사람들에게로 향했다.

그의 시선을 받은 이자두가 잠시 망설이는 듯하다 이내 고개를 저으며 말했다.

"후우… 비록 혼인을 약속했다고는 하나 아직 정식으로 부부가 된 것은 아니니 역시 우린 외인인 듯하오. 부디 서로 간의 오해를 풀고 큰 분란 없이 금림의 내분이 정리되길 바라오. 소국주님, 우린 물러나 있는 것이 좋겠습니다."

이자두의 말에 목인홍은 뭔가 불만스러운 표정을 지었지만, 결국 이자두의 뜻에 따라 먼저 걸음을 옮겨 맹자치의 거처를 벗어났다.

그러자 이자두를 비롯한 천룡표국의 사람들이 목인홍의 뒤를 따라 급히 밖으로 나갔다.

"림주… 이제 제대로 이야기를 할 수 있을 것 같소이다. 아니, 말은 더 이상 필요가 없나? 검으로 하시겠소?"

천룡표국 사람들이 사라지자 여망이 검을 들어 보이며 맹자치에게 물었다.

제7장

행수 여망의 무공

맹자치는 노련한 자다.

때를 기다릴 줄도 알고, 기회가 오면 맹수처럼 그 기회를 물고 늘어질 독기도 가진 자였다.

다만 오늘은 여망의 등장부터 금림의 고요까지, 그가 예상치 못한 일들이 연속해서 일어났기에 그가 이성을 되찾는 데 시간이 조금 더 걸릴 뿐이었다.

그러나 일단 지금 금림에서 일어나고 있는 일을 모두 알게 되자 그는 다시 차가운 이성을 지닌 금림의 림주 맹자치로 돌아왔다.

그리고 그 차가운 이성은 여전히 이 싸움의 승산이 자신에게 있다고 말해주고 있었다.

왜냐하면 그에게는 모든 식솔들이 잠든 상황임에도 잠들지 않고 자신을 지키는 두 사람이 있었기 때문이다.

그가 강호에서 거금을 들여 초빙한 고수들, 구여성과 상중산은 여전히 건재했다. 그리고 그 두 사람은 여망 정도의 젊은 행수는 혼자서라도 상대하고 남음이 있었다.

이들이야말로 절정의 무공을 자랑하는 고수들이 아니던가.

"검? 그것 좋지."

상가의 분쟁답지 않게 검으로 은원을 해결하자는 여망의 물음이 오히려 맹자치에게 자신감을 일으켰다.

"의외구려. 좋소. 림주께서 직접 나와 겨뤄보시겠소?"

여망이 물었다.

"금림이 무가(武家)더냐?"

맹자치가 한 줄기 비웃음을 흘리며 대꾸했다.

"하긴… 상인은 무력도 금자를 이용해 사용하는 법이긴 하지요. 그럼 역시 두 사람에게 부탁하시겠구려."

여망이 구여성과 상중산을 보며 말했다.

"천금을 들여 무림의 고수를 초빙하는 데는 다 그 이유가 있다. 바로 이런 날을 대비함이지. 두 분 수고 좀 해주시오. 저 어린놈을 내 앞에 무릎 꿇려주시구려."

맹자치가 두 노고수를 보며 정중하게 부탁했다.

그러자 구여성이 대답했다.

"어려운 일은 아니지요."

"구 대협만 믿겠소."

맹자치가 여유를 되찾고 미소를 보이며 말했다.

그런 맹자치에게 가볍게 고개를 숙여 보인 구여성이 천천히 몸을 돌려 서너 걸음 앞으로 걸어 나왔다.

진즉에 그의 손에 들려 있던 장도가 불빛을 받아 사납게 번쩍였다.

"여 행수, 내 도에는 인정이 없다는 것을 알 것이네. 내 평소 자네를 눈여겨보기는 했지만 난 림주에게 고용된 사람이라 반항하면 크게 다칠 걸세. 지금이라도 순순히 검을 버리고 림주의 처분에 따르시게."

구여성이 여망에게 경고했다.

"저도 구 대협께 충고 한마디 드리지요. 본래 무인은 의리에 힘을 쓰지 이득에 힘을 쓰지는 않는다고 들었습니다. 림주는 그 의리를 저버린 사람, 그에 대한 충성심을 버리셔도 비난할 사람은 없습니다."

"충성심 때문이 아니네. 약속 때문인 것이지. 날 금자에 무공을 판 속물이라고 말해도 할 수 없네. 난 림주에게 금자를 받았고, 그 값을 해야 하는 사람일세. 그러니……."

"그렇다면 어쩔 수 없군요. 부족하나마 구 대협의 도를 받아 보겠습니다."

여망이 더 이상 구여성을 설득하지 않고 말했다.

그러자 구여성의 얼굴이 살짝 꿈틀거렸다.

"자네가 직접?"

"일단은 그렇습니다. 제 힘으로 이 은원을 해결하고 싶군요."

"허어… 날 너무 무시하는 것 아닌가? 자네의 재질이 뛰어난 것은 알지만 그래도 상인으로 성장한 사람, 난… 평생을 이놈과 함께 살아온 사람일세."

구여성이 번쩍이는 도를 들어 올렸다.

아마도 그는 여망이 데려온 사람 중에 한 사람을 자신의 상대로 내세울 것이라 생각했던 모양이다.

"가끔 사람들은 상대의 위치나 직업에 가려 그 본모습을 보지 못할 때가 있지요."

여망이 두툼한 두께를 가진 검을 들며 말했다.

"하지만 그렇다 해도 각자 잘하는 것은 정해져 있지. 각각의 직업에는 분명 한계라는 것이 있는 법이니까."

"그 한계를 시험해 보지요."

여망이 대답을 하면서 자신이 부숴놓은 탁자를 발로 찼다.

쾅!

여망의 발에 차인 탁자가 좌우로 날아가 벽에 부딪혔다. 그러자 술자리가 벌어지던 맹자치의 거처에 널따란 싸움터가 만들어졌다.

여망의 거침없는 행동을 보고 있던 구여성의 눈에 이채가 서렸다.

일단 자리를 만들고 검을 들어 자신과 마주 선 여망의 기세가 생각보다 범상치 않았기 때문이다.

구여성 역시 금림의 젊은 상인들이 무공을 수련하는 것을 알고 있었다. 그러나 그 무공이란 것이 산길에서 산적을 만나거나 마적을 만났을 때를 대비한 것이지 무림에서 강호고수들과 겨루기 위한 것은 아니었다.

그런데 지금 자신을 상대하려 하는 여망의 기세는 결코 산적이나 상대하려고 무공을 배운 사람의 기세가 아니었다.

"자신을 감추고 있었군."

구여성이 고개를 끄떡였다.

"제가 감춘 것이 아니라 애초에 다른 사람들이 보려 하지 않은 거지요."

"후우… 좋아. 좋은 기도일세. 하지만… 그래도 내게는 부족할 걸세."

"한 수 가르침을 기대하지요."

여망이 대답했다.

그런 그의 태도는 절대 상인의 모습이 아니다.

그래서인지 구여성도 처음과 달리 긴장한 빛이 보였다.

"후우!"

구여성이 완전히 마음을 새롭게 다잡으려는 듯 길게 숨을 내쉬었다.

그 숨을 따라 아지랑이 같은 뜨거운 공기가 흘러나와 여망과 그 사이의 시야를 흔들리게 만들었다.

그리고 한순간 구여성의 도가 움직였다.

팟!

자신의 입김으로 만든 아지랑이를 뚫고 구여성의 도가 그대로 여망의 심장을 찔러갔다.

구여성의 공격은 상당히 특이했다.

도는 베는 것을 주로 하는 병기, 그래서 상하좌우로 도를 휘둘러 적을 공격하는 것이 보통인데 구여성은 도를 마치 검처럼 사용해 여망을 찌른 것이다.

하지만 여망의 대응도 결코 범상치 않았다.
그는 구여성의 도가 자신의 가슴 앞에 다가올 때까지 제자리를 지켰다.
그러다가 구여성의 도가 자신의 옷자락을 건드리려는 순간 땅딸막한 체구를 급하게 회전하며 검을 매섭게 후려쳤다.
캉!
검치고는 두터운 무게를 자랑하는 여망의 검이 구여성의 도를 한순간에 걷어냈다.
절정의 무공을 자랑하는 구여성의 도가 여망의 힘에 밀려 허공으로 치켜 올라갔다.
"정말 대단하구나!"
허공으로 방향을 트는 자신의 도를 애써 바로잡으며 구여성이 소리쳤다.
예상은 했지만 여망의 무공이 그의 생각보다 훨씬 강했던 것이다.
"놀라기에는 아직 이릅니다."
자신의 무공에 놀라는 구여성을 향해 달려들며 여망이 소리쳤다.
그러면서 손에 들고 있던 검을 짧게 끊어 치며 구여성을 공격했다.
짧게 끊어지는 여망의 공격은 비록 강한 힘을 실지는 못했지만 대신 구여성이 움직일 수 있는 거의 모든 방위를 차단했다.
카카캉!
절정고수 구여성이 얼굴을 굳힌 채 말없이 젊은 상인 여망의 공격을 받아냈다.

그만큼 여망의 공격이 예사롭지 않았다.

장내가 한순간에 도검의 충돌음으로 가득 찼다.

전체적으로 보자면 여망은 아래쪽에서 위쪽으로 공세를 취하고 있었고, 구여성은 여망보다 큰 키를 이용해 여망을 내려다보며 그의 공격을 막아냈다.

그리고 그 결과는 모두의 예상과 달랐다.

여망은 절정고수 구여성을 맞아 전혀 밀리지 않았다. 두 사람이 팽팽한 균형을 유지한 채 순식간에 이십여 초를 교환했다.

그런 여망의 모습에 가장 놀란 사람은 당연히 금림의 림주 맹자치였다.

"저, 저놈이 어떻게……?"

천금을 주고 고용한 절정고수 구여성과 대등한 싸움을 벌이고 있는 여망을 보며 맹자치가 당혹한 표정을 감추지 못했다.

"그동안 숨어서 특별한 무공을 수련한 모양입니다."

또 다른 절정고수 상중산이 신중한 표정으로 말했다.

"하지만 대체 어떻게 저런 무공을 배울 수 있단 말이오. 무공이라는 것이 스승이 있어야 하는 것인데……."

"모르지요. 사람들 몰래 특별한 비급을 얻었을 수도."

"그래도 혼자서는……."

"일단 지금 이 상황을 타개하는 것이 중요합니다."

상중산에게는 현 상황이 그리 녹록지 않아 보이는 모양이었다.

그의 말에 맹자치의 얼굴에 불안감이 깃들었다.

"구 대협이 질 것 같소?"
"그렇지는 않지만 이길 수도 없을 것 같습니다. 이 와중에 그가 데려온 자들이 싸움에 뛰어들면… 더군다나 데려온 자들 중 특별한 고수가 있을 수도 있습니다. 그럼 싸움의 승패를 점치기 어려울 겁니다."
말은 그렇게 했지만 상중산은 이 싸움이 이미 맹자치 쪽에 극히 불리하다고 판단한 것 같았다.
그리고 그건 맹자치도 같은 생각이었다.
본래 준비된 자와 준비되지 않은 자의 싸움이란 그 결과가 정해져 있는 것이나 마찬가지였다.
"내가… 내가 너무 방심했소. 놈이 뛰어난 두뇌를 가지고 있다는 것을 알고 있었으면서도……."
"돌아올 것을 예상한 사람은 아무도 없었지요."
상중산이 위로하듯 말했다.
"어쩌면 좋겠소?"
"일단… 장원을 벗어나시지요."
"도주를 하란 말이오?"
"지금으로선 그 방법이 최선입니다. 일단 장원 밖으로 나가 림주님을 도와줄 사람들을 모으십시오. 멀리 갈 것도 없이 가까운 곳에도 림주님을 도울 사람들은 많습니다. 며칠 후 다시 돌아오시면 모든 일을 해결될 겁니다."
"하지만… 소소는 어쩐단 말이오?"
맹자치가 맹소소 걱정을 했다.
"설마 자신의 약혼자였던 아가씨를 죽이기야 하겠습니까?"

상중산이 단호한 표정으로 말했다.

지금 맹소소를 걱정할 때가 아니란 뜻이다.

"후우… 내가 금림을 잃은 것을 알고도 강호의 사람들이 날 돕겠소?"

"그건 나중에 걱정할 문제입니다. 그리고 사람이 부족하면 제가 도검을 쓸 사람을 모으겠습니다."

"상 대협께서 그래주시겠소?"

"가까운 곳에 친구들이 좀 있으니 그들을 모으면 쉽게 이 일을 해결할 수 있을 겁니다. 여 행수가 비록 놀라운 무공을 가지고 있으나 그래 봐야 그의 무리가 많은 것은 아니니……."

상중산이 문 쪽에 모여 서 있는 적월 등을 보며 말했다.

"하긴 그렇구려. 그리고 식솔들이 깨어나면 내가 돌아오기를 기다리는 사람들도 많을 것이오."

맹자치도 상중산의 판단에 동의했다.

"그럼 가시지요. 비도의 존재를 저들은 모르니……."

"그럽시다. 그런데 그럼 구 대협은 어쩌면 좋소?"

맹자치가 여전히 여망과 치열하게 싸우고 있는 구여성을 걱정했다.

"걱정 마십시오. 어떤 경우라도 자기 한 몸은 빠져나올 능력이 있는 사람이니."

"좋소. 그럼 갑시다."

맹자치가 고개를 끄떡였다.

그러자 상중산이 고개를 돌려 대행수 육천웅과 신첨을 보며 고개를 끄떡였다.

상중산의 신호를 받은 두 사람이 자연스럽게 맹자치의 앞으로 걸어 나왔다.

그리고 그 순간 맹자치가 뒤쪽으로 몸을 날렸다.

쾅!

모든 사람들의 시선이 여망과 구여성의 대결에 쏠려 있을 때 사람들의 정신을 번쩍 들게 하는 소리가 터져 나왔다.

"저, 도주다!"

"림주가 도주한다!"

누가 먼저랄 것도 없이 여망을 따라온 사람들이 여망과 구여성을 지나쳐 림주 맹자치가 향한 곳으로 달려갔다.

맹자치는 어느새 자신의 뒤쪽 벽에 난 비밀 문을 통해 장내를 빠져나가고 있었다.

"어딜!"

맹자치를 추격하려는 자들의 걸음을 대행수 육천웅과 신첨이 막아섰다.

"길을 열어라!"

금림의 오대성씨를 대표하는 호괄과 이조광이 육천웅과 신첨에게 소리쳤다.

"우릴 죽이기 전에는 길을 열 수 없소."

"그래? 그럼 죽여주마!"

호괄과 이조광이 검을 빼 들고 육천웅과 신첨에게 달려들었다.

그러자 육천웅과 신첨 역시 검을 빼 들고 두 사람을 맞아 싸우기 시작했다.

장내가 한순간에 도검의 충돌음으로 가득 찼다. 그사이 여망의 친구들이 맹자치가 도주한 비도 입구에 도달했다.

"보이지 않아."

여망의 친구 수운이 검은 비도 안을 들여다보며 소리쳤다.

"추격해. 반드시 림주를 잡아야 해. 그가 도주하면 큰일이야."

다른 친구 천유정이 다급하게 소리쳤다.

그런데 그런 그들에게 뒤늦게 다가온 적월이 만류했다.

"추격하지 마시오."

"하지만……."

여망의 친구들은 적월을 어려워했다.

여망이 적월을 무척 정중하게 대한다는 사실 때문이기도 했고, 이 젊은 고수에게서 알 수 없는 위압감을 느꼈기 때문이었다.

"오랜 세월 준비해 둔 도주로라면 분명 그 안에는 함정이 도사리고 있을 것이오. 추격하다가는 외려 큰일을 당할 수 있소."

그런데 적월의 말이 끝나는 그 순간 기다렸다는 듯이 비도 안에서 묵직한 굉음이 들려왔다.

쿠르릉!

거대한 괴물이 포효하듯 굉음이 이어지고, 비도 입구로 매캐한 먼지 냄새가 흘러나왔다.

"제길, 추격했다가 내 무덤이 될 뻔했군."

비도의 중간이 무너진 것을 확신한 젊은 행수 수운이 가슴을 쓸어내리며 중얼거렸다.

"하지만 큰일이야. 림주가 도주했으니 분명 밖에서 무슨 일인가를 꾸밀 거야."

천유정이 걱정스러운 표정으로 말했다.

"그 안에 금림을 완벽하게 장악해야지. 먼저 저 사람들부터."

수운이 여전히 싸움을 벌이고 있는 육천웅과 신첨 두 대행수를 보며 말했다.

"그러게. 저들까지 놓칠 수는 없어."

천유정도 맞장구를 치며 검을 빼 들고 두 사람을 향해 달려들었다.

장내가 완전히 난장판으로 변한 와중에도 여망과 구여성은 여전히 치열하게 싸움을 이어가고 있었다.

누구 한 명이 손을 빼기 어려운 형국, 만약 손을 뺀다면 바로 위기에 처할 수 있는 상황이었다.

하지만 그래도 급한 것은 구여성이었다.

그는 맹자치와 상중산이 도주한 것을 알고 있었다.

두 명의 대행수 육천웅과 신첨 역시 여망의 동조자들에 의해 곧 무릎을 꿇을 판이었다.

그렇다면 남은 것은 자신 한 명, 그로서는 여망을 상대로 승기를 잡지 못하는 상황에서 다른 자들까지 상대할 자신이 없었다.

그렇다면 그가 선택할 수 있는 길은 하나밖에 없었다.

"핫!"

구여성이 갑자기 공력을 끌어 올렸다. 그의 도에서 푸르스름한 도기가 번뜩였다.

그러자 공력으로는 구여성에 미치지 못하는 여망이 한 걸음 뒤로 물러나 구여성의 공격을 피해냈다.

그런데 그 순간, 구여성의 목소리가 여망의 귀를 파고들었다.

"승부는 다음에 보세. 그때는 오늘처럼 쉽지 않을 걸세."

팟!

구여성의 마지막 말이 여망의 귀에 닿기도 전에 구여성의 몸이 열려 있는 문 쪽으로 바람처럼 움직였다.

구여성의 공격을 피하려던 여망으로서는 미처 그를 막거나 따라잡을 수 없는 속도였다.

구여성도 자신을 막을 사람이 장내에 없다고 자신했다. 여망이 아니라면 장내의 그 누구도 무공으로서 자신을 상대할 수 없을 거란 자신감이 있기 때문이었다.

그의 예상대로 그의 도주를 막는 자는 없었다. 적어도 그가 방문 앞에 당도할 때까지는.

그런데 막 방문을 통과해 장내를 벗어나려던 구여성이 갑자기 튕겨지듯 뒤로 물러났다. 그 순간 날카로운 빛줄기가 그의 가슴을 스쳐 갔다.

팟!

빛에 뒤이어 날카로운 절단음이 일어났다. 구여성의 검은색 무복 앞섶이 어느새 날카롭게 잘라져 있었다.

"웬 자냐?"

그나마 옷만 베이고 살은 베이지 않은 구여성이 어느새 자신의 앞을 막아선 사내를 보며 물었다.

"갈 수 없소."

사내가 자신의 정체를 밝히는 대신 냉정하게 말했다.

적월이다.

적월에게 길이 막힌 구여성이 날카로운 눈으로 적월을 바라보다 이내 당황스러운 표정을 지었다.

"대체… 넌 누구냐?"

자연스러운 하대였다. 그도 그럴 것이 자신의 앞을 막아선 적월이 생각보다 젊기 때문이었다. 여망보다도 훨씬 어려 보였다.

그 젊은 나이에도 불구하고 자신의 옷을 베어낸 검초의 고절함이 강호 노고수 못지않은 자다.

어디서 이런 젊은 고수가 배출되었는지 당황스러운 구여성이었다.

"여 행수님의 친구요."

"그의 친구라고?"

구여성이 되물었다.

물론 여망도 젊기는 하지만 그래도 서른 줄에 들어선 사내, 길을 막은 이 이십 대 초중반의 사내와는 친구가 되기 어려운 나이다.

더군다나 구여성이 금림에서 생활한 지도 어언 십여 년, 누구보다 여망의 성장을 가까이서 지켜본 그였다.

그런 그에게 여망의 친구 중 적월 같은 청년을 본 기억이 없었다.

"그렇소. 여 형님이 곤란한 일을 겪게 되어 잠시 도우러 온 것이오. 아무튼 그대는 이곳을 떠나실 수 없소."

"기습으로 내 걸음을 멈추게 했지만 네가 과연 날 막을 수 있겠느냐?"

물론 구여성은 적월의 무공에 놀라고 있었다. 하지만 그건 나이로 인한 놀라움이었다.

기습이 아닌 정식으로 무공을 겨룬다면 결코 적월과 같은 청년에게 꺾일 자신의 무공이 아니었다.

"시험해 보시든지."

적월이 날렵한 검을 늘어뜨린 채 구여성에게 말했다. 그 자신감에 구여성의 마음에는 일말의 망설임이 생겼다.

그러나 그럼에도 불구하고 지금은 이곳을 벗어나야 할 때였다.

"조심하라. 검에는 눈이 없느니!"

구여성이 경고를 하며 적월에게 달려들었다.

적월은 구여성의 도가 일직선으로 자신을 찔러오는 것을 지켜보다 그의 검이 자신의 심장 한 자 앞에 도달했을 때 몸을 틀며 검을 들어 올렸다.

차앙!

맑은 마찰음과 함께 방향이 틀어지면서 구여성의 도가 적월의 옆으로 비껴 나갔다.

"흡!"

구여성이 일격필살의 힘과 의지를 담은 자신의 도를 비껴내는 적월의 검술에 놀라면서도 재빨리 몸을 허공으로 띄우며 재차 적월의 머리를 향해 도를 내려쳤다.

웅!

바위라도 부술 만큼 강력한 힘을 지닌 구여성의 도가 적월의 머리를 내리찍었다.

무척 가까운 거리였고, 공력을 가득 실은 공격이라 이번만큼은 적월도 곤란한 상황에 처할 것처럼 보였지만, 구여성의 도가 적월의 머리 바로 위에 왔을 때 다시 똑같은 일이 벌어졌다.

지잉!

이번에는 조금 더 무거운 마찰음이 일어났다. 그러나 결과는 같았다.

적월의 검에 스친 구여성의 도(刀)가 다시 방향을 잃고 적월을 벗어나더니 허무하게 바닥을 찍었다.

쿵!

구여성의 도에 찍힌 나무 바닥이 그대로 박살이 나며 나무 조각들이 사방으로 튕겨 나갔다.

구여성이 그 아수라장 속에서도 몸을 회전하며 도를 함께 휘둘렀다.

우웅!

횡으로 휘둘러진 구여성의 도가 다시 한번 강력한 도풍을 일으키더니 급기야 시퍼런 도기를 뿜어냈다.

이를 악다문 그의 표정에서 이 일 초로 싸움의 승부를 보겠다는 의지가 느껴졌다.

그러나 역시 결과는 같았다.

지잉!

다시 한번 적월의 검과 구여성의 도가 마찰을 일으켰고. 이번에는 구여성의 도가 문설주를 들이쳤다.

쾅!

쿠르르!

구여성의 도가 문설주를 가격하는 순간 문의 한쪽이 무너지면서 천장에서 부산물들이 적지 않게 쏟아졌다.

"이… 놈!"

그 와중에 구여성이 뒤로 물러나 노기를 가득 담은 눈으로 적월을 노려봤다.

그의 얼굴은 당혹감과 수치심으로 벌겋게 물들어 있었다.

비록 상가에 매여 금자를 받고 상인의 호위를 맡은 자신이지만, 그는 강호의 절정무인이다.

강호에 나가 구여성 석 자 이름을 대면 낙양 근방에서는 누구도 무시하지 못할 대접을 받는 고수였다. 그만큼 자신의 무공에 대한 자부심이 컸다.

그런데 이 이상한 청년을 만난 이후 그는 마치 어린애가 된 것 같았다.

청년은 자신의 공격을 가볍게 받아내며 도의 방향을 틀어 허무한 결과를 만들었다. 그러면서 분명 구여성에게 허점이 많이 생겼는데도 반격을 하지 않았다.

마치 어린 제자를 가르치는 스승처럼, 그렇게 청년은 구여성을 도를 받아내고 있었다.

그건 구여성에게 감당할 수 없는 수치였다.

더군다나 청년의 얼굴에는 언제나 여유와 미소가 흐르고 있었다. 가끔은 한 손을 허리 뒤로 돌려 한 팔만 사용하는 것처럼 검을 휘두르기도 했다.

그런 행동을 구여성은 상대가 자신을 농락하려는 의도라고 받아들이고 있었다.

그러니 승패를 떠나 한 명의 무인으로서 수치심을 갖지 않을 수 없었다.

그 수치심이 적월을 향한 분노로 이어지고 있었다.

"그만하는 것이 어떻겠소?"

적월이 그런 구여성의 불편한 심기에 불을 붙였다. 마치 이제 놀만큼 놀았으니 그만 놀아주겠다는 듯한 적월의 말에 구여성이 폭발했다.

"놈! 죽이겠다!"

분노한 구여성이 모든 공력을 끌어 올려 도에 주입했다.

우웅!

구여성의 도에서 시퍼런 도기가 일어났다. 지금까지 그가 만들어냈던 도기 중 가장 강력한 도기였다.

붉었던 그의 얼굴이 파리해진 것을 보면 선천지기까지 끌어쓰는 것이 분명했다.

그 모습을 보며 적월이 고개를 저었다.

자신은 상대가 부족함을 알고 스스로 자신의 몸을 지킬 기회를 주었건만, 상대는 수치심을 참지 못하고 스스로를 망치고 있는 것이다.

'이럴 때는 빨리 꺾어주는 것이 그를 위한 것이지.'

결심을 굳힌 적월이 망설이지 않고 구여성을 향해 달려들었다.

팟!

구여성은 지금까지와 달리 자신을 향해 검을 뻗어오는 적월을 보며 다시 한번 당황했지만 그래도 기다렸다는 듯이 시퍼런 도기를 휘둘러 적월을 상대했다.

쿠오오!

구여성의 도기가 공기를 가르며 묵직한 파공음을 일으켰다.

반면 적월의 검은 일정한 속도를 유지할 뿐 검기가 일어나지 않았다. 누가 봐도 상대가 되지 않는 힘의 차이다.

그런데 두 개의 병기가 격돌하려는 순간, 적월의 검이 순식간에 모든 사람들의 시야에서 사라졌다.

그뿐이 아니었다.

적월의 몸도 어느새 구여성의 도기를 지나쳐 그의 눈앞에 바싹 들어서고 있었다.

"헉!"

허깨비처럼 자신의 도를 지나쳐 가슴 앞까지 파고든 적월의 놀라운 움직임에 구여성이 당혹스러운 음성을 토해냈다.

그리고 그 순간, 날카로운 검이 그의 턱 밑에서 머리를 들고 일어났다.

팟!

그의 턱을 파고든 검이 살짝 움직이는 것만으로 구여성의 목에 작은 혈흔이 생겨났다.

"음……."

구여성은 그 순간 완전히 전의를 상실했다.

지금까지 이 젊은 고수가 자신을 놀린 것이 아니라 자신에게 도를 거둘 기회를 주었던 것이라는 걸 결국 알아챈 것이다.

상대는 자신이 도저히 감당할 수 없는 무공의 고수였다.
"이젠 정말 그만합시다?"
적월이 다시 물었다.
그러자 구여성이 잠시 얼어붙은 듯 적월을 바라보다 한순간 세 걸음 뒤로 물러났다.
적월은 뒤로 물러나는 구여성을 굳이 따라붙지 않았다. 이미 그의 눈에서 전의(戰意)가 사라졌음을 눈치챘기 때문이다.
"손에 사정을 두었군."
구여성이 무심히 도를 거둬 허리춤에 있는 도갑에 넣으며 말했다.
"굳이 피를 볼 사이는 아니지 않소이까?"
적월이 대답했다.
"대체 어느 문파에서 자네 같은 고수를 배출했는가? 많아야… 스물다섯?"
"얼추 그 정도. 내 스승님은… 나중에 자연히 알게 되실 것이오."
"알겠네. 아무튼… 여 행수, 이제 내가 어쩌면 좋겠는가?"
적월이 있는 이상 도주는 생각할 수 없다고 판단한 구여성이 여망에게 물었다.
장내는 이미 여망의 사람들이 완전히 장악하고 있었다.
대행수 육천웅과 신첨은 큰 부상을 입고 바닥에 무릎을 꿇고 있었고, 장내의 상황을 관망하던 오대성씨의 우두머리 중 조팔과 강은상도 이제는 여망의 사람들과 섞여 있었다.
림주 맹자치가 도주하는 순간 그들도 여망을 선택한 것이다.

그러니 이제 구여성이 선택할 수 있는 것은 여망의 처분을 기다리는 것이었다.

그로서는 맹자치에게 목숨까지 바쳐가면서 충성할 이유가 없었다.

설혹 그런 마음이 있었더라도 맹자치가 홀로 도주를 하는 순간 그 충성심도 눈 녹듯이 사라졌을 것이다.

더군다나 금자를 받고 고용된 노무사의 선택을 비난할 사람조차 장내에는 없었다.

"이대로 보내 드리기는 어렵습니다."

여망이 대답했다.

"음… 날 못 믿는군. 이곳을 벗어나면 림주를 찾아갈 것이라 생각하는 거지?"

"지금으로서는 모든 것을 조심해야지요. 림주를 찾을 때까지."

"하긴… 림주가 이대로 금림을 포기하지는 않을 거야. 아마 상중산 그의 도움을 받아 무림의 힘을 빌리려 할 테지."

"그러니 이 일이 마무리될 때까지는 이곳에 남아 계셔야겠습니다."

"후우… 좋네. 내 숙소에 머물지."

"응해주셔서 감사합니다."

"아닐세. 나도 이 생활을 끝낼 때가 되었던 모양이지. 아무튼… 오늘 무공의 안계를 넓혔네, 소형제."

구여성이 다시 적월에게 시선을 돌리며 말했다.

"이쯤에서 도를 거두시니 저로서는 고마운 일이오."

"하하하, 이래 봬도 절정고수 소리를 듣는 나인데 내 부족함을 모르겠는가. 아무튼… 자네와 같은 고수를 길러낸 사람이 누군지 정말 궁금하군."

구여성이 다시 물었으나 적월이 대답을 하지 않는 것으로 다시 한번 구여성의 질문을 비껴 나갔다.

"좋아. 그럼 도를 놓겠네."

구여성이 완전한 항복의 의미로 허리춤에서 자신의 병기인 도를 끌러내 바닥에 내려놓았다.

그리고 그것으로 한밤중에 벌어진 금림의 혈사는 막을 내렸다.

*　　　*　　　*

초로의 두 사람이 어두운 밤길을 걸었다.

그중 한 사람은 연신 주위를 돌아보며 무엇인가를 두려워하는 눈치다. 반면 앞선 사람의 걸음걸이는 거침이 없었다.

목적지를 알고 있는 사람과 목적지를 모르는 사람의 차이다.

산길은 점점 험해져서 어느 순간부터는 앞선 자가 검을 휘둘러 길을 가리는 나뭇가지를 베어내야 했다.

물론 앞선 자는 그런 가지들을 베어내지 않아도 길을 가는 데 큰 문제가 없었지만 뒤따르는 자를 배려한 행동이었다.

"얼마나 가야 하오?"

산길의 힘겨움보다는 어둠과 목적지를 모르는 것에 대한 불안함 때문인지 뒤따르던 자가 걸음을 멈추며 물었다.

"다 왔습니다. 저기 보이는 사당에서 만나기로 했습니다."

앞서가던 자가 손을 들어 달빛 아래 희미하게 보이는 산기슭의 낡은 사당을 가리켰다.

"후우… 객잔이나 주루에서 만나면 될 것을……."

뒤따르던 노인이 불만스러운 표정으로 말했다.

"그들은 저잣거리를 좋아하지 않습니다. 그리고 저자에 나가면 림주님을 알아볼 사람들이 많지 않습니까? 아무리 변복을 해도 낙양에서 림주님은 얼굴을 숨기기 어려운 분이지요."

앞서 길을 열던 노검객이 말했다.

이들은 한밤중 여망의 공격으로 급히 금림을 탈출한 맹자치와 고수 상중산이었다.

맹자치는 금림을 탈출한 후 평소 교분이 있는 낙양 주변의 무가들이나 상가들에 도움을 청하려 했지만, 여망이 발 빠르게 손을 써 그를 돕겠다고 나서는 자들이 없었다.

처음 맹자치는 자신이 배신을 당한 것을 알리기만 하면, 또 후일 금림을 되찾은 후 큰 보답을 하겠다고 약속하기만 하면 단번에 전세를 뒤집을 만큼 많은 후원자들을 만들 수 있을 것이라고 생각했었다.

아무리 여망이 발 빠르게 주변 상가나 무가에 자신이 금림의 새로운 주인이 되었다고 통보한다 해도 새파란 행수를 금림의 수장으로 받아들일 문파는 없을 거라 생각했기 때문이다.

그런데 일은 맹자치의 예상대로 흘러가지 않았다.

여망이 비록 삼십 초반의 젊은 행수지만, 금림을 세운 오대성씨 중 맹씨를 제외한 나머지 사대성씨가 여망을 정식 금림의 림주로 인정했다고 보증하자 여망의 말이 금림의 림주로서 힘을 갖기 시작했던 것이다.

금림이 오대성씨를 기반으로 만들어진 상가임을 모르는 사람이 없는 상황에서 그중 네 성씨의 지지를 받는 여망을 새로운 림주로 인정하지 않을 문파는 없었던 것이다.

그래서 제대로 된 후원자를 찾지 못해 낙담한 맹자치에게 상중산이 한 가지 제안을 했다.

제안을 하면 반드시 그를 도와줄 사람들이 있다는 것과, 다만 그들이 요구하는 것이 금림의 절반일 수도 있다는 경고도 함께였다.

그러나 그 경고에도 불구하고 맹자치는 그들을 만나기를 원했다.

금림이라는 성(城), 그 자신이 어려서부터 수십 년에 걸쳐 만들어낸 자신의 성을 새파란 여망에게 빼앗기고는 살 수 없기 때문이었다.

그래서 금림의 절반을 요구할 수도 있는 무서운 자들이라는 경고에도 불구하고 맹자치는 이 어두운 산길을 가고 있었다.

"그런데 그들이 정말 여망 그 망할 놈과 네 성씨의 우두머리들을 제거할 수 있겠소?"

맹자치가 밤길의 고단함에 대한 불평은 씻어버리고, 신중한 표정으로 상중산에게 물었다.

"그들이라면 반드시 금림을 되찾을 수 있을 겁니다. 다만… 역시 그 후가 문제지요."

"대체 어떤 사람들이오?"

여전히 상중산은 맹자치에게 그가 소개해 주려는 사람들의 정체에 대해서는 입을 다물고 있었다.

하지만 이젠 때가 되었다고 생각하는 듯 이번만큼은 맹자치의 물음에 답을 했다.

"이젠 말씀드려도 되겠지요. 그들은 묵영단이라는 비밀 조직에 속한 자들입니다."

"묵영단? 처음 듣는 이름이구려."

장사를 하려면, 특히나 금림처럼 엄청난 규모의 상가를 이끌려면 강호무림에 대한 소식에도 밝아야 한다.

특히 금림의 장원이 있는 낙양 인근 무림의 소식은 더더욱 그러하다. 당연히 맹자치도 무림의 소식에 밝았다.

그런데 묵영단이란 문파는 금시초문이었다.

"저도 안 지 얼마 되지 않은 사람들입니다. 정사양도의 길을 걷고 있어 자신들의 존재를 좀체 드러내지 않지요."

"어떻게 알게 된 곳이오?"

"제가 예전에 강호에서 활동할 때 잠시 안면이 있었던 벽력권 탁보전이라는 사람이 있습니다. 아마 들어보셨을 겁니다. 권술의 대가로 하북 일대에서 적수를 찾기 어려웠지요. 그런데 십여 년 전부터 강호에서 자취를 감춰 그 소식이 궁금했는데 얼마 전 은밀히 절 찾아왔습니다."

"탁보전, 들어본 것 같소. 그런데 그가 왜 갑자기 상 대협을 찾아온 것이오?"

"두 가지 목적 때문이었지요. 하나는 내게 자신이 속한 조직에 들어오기를 권하기 위함이었고, 그 제안을 거절한다 해도 제가 금림과 자신이 속한 세력의 연결 고리가 되기를 바랐습니다."

상중산이 대답했다.

"음, 그럼 애초부터 금림에 관심이 있는 곳이었구려. 그런데 왜 그 사실을 내게 말하지 않은 것이오?"

맹자치가 의아한 표정으로 물었다.

비록 상중산을 찾아왔지만, 그 제안들은 결국 금림의 림주인 자신에게 한 제안이기 때문이다.

"이미 말씀드렸듯이 그가 찾아온 이후 은밀히 알아본 바에 의하면 그가 속한 조직의 욕심이 너무 컸기 때문입니다. 낙양이 아닌 다른 몇 곳에서 그들은 몇몇 중소 상가와 문파들을 장악한 이력이 있었습니다. 그런데 좀 사나운 방법을 쓰더군요. 그런 조사들을 모두 마치고 말씀드리려 했던 것인데……."

"그 전에 여망이 돌아와 일을 친 것이구려."

"그렇습니다. 아무튼 야심이 큰 자들이기에 그들에게 손을 내미는 것이 옳은 일인지 아직도 전 확신할 수 없습니다."

"후우… 상 대협의 걱정은 잘 알겠소. 하지만 어쩌겠소. 일이 이 지경이 되었으니 악마와라도 손을 잡아야 할 판이오."

"림주께서 그리 생각하신다면 어쩔 수 없지요. 가시지요. 아마 벌써 와서 기다리고 있을 것입니다."

상중산이 어스름히 보이는 사당을 향해 다시 길을 열기 시작했다.

제8장
묵영단

맹자치는 등줄기를 타고 흐르는 긴장감을 제어하기 힘들었다.

그들의 우두머리를 보기도 전, 사당 앞에 나와 있는 초로의 무사를 보는 순간부터 소름이 돋았다.

그리고 그와 가까워졌을 때는, 그가 아닌 그의 등 뒤, 사당 안에서 흘러나오는 음울하면서도 귀기스러운 살기가 맹자치를 완전히 주눅 들게 만들었다.

그즈음 그는 본능적으로 이곳에 온 것을 후회했다.

'그래도 여망 놈은 날 죽이지는 않았을 것인데…….'

이런 후회가 들 정도였다.

여망이 비록 반란을 일으켜 금림을 차지했지만, 그래도 자신이 어려서부터 키운 사람이다.

그러니 아무리 그가 여망에게 잘못을 했다 해도 자신을 죽이지는 못할 거라 생각했다.

그에 비하면 지금 눈앞에 있는 자나, 사당 안에서 살기를 뿜어내는 자들은 언제라도 자신의 목을 벨 수 있는 존재들이라는 것을 본능적으로 느끼고 있는 맹자치였다.

'후우…….'

맹자치가 속으로 숨을 골랐다.

지금이야 비루한 지경이지만, 그 역시 천하의 상권을 좌우하는 거상 중의 한 명이었다. 배포가 작아서는 결코 이룰 수 없는 부를 이룬 사람이란 뜻이다.

금림을 지금처럼 상계의 거두로 키워오는 동안 그 역시 죽음의 위기를 한두 번 넘긴 것이 아니었다.

더군다나 거래라면 그의 주특기가 아닌가.

그런 생각을 하자 맹자치의 거칠어진 호흡이 다시 차분해졌다.

고수 상중산은 그런 맹자치의 변화를 보지 않고도 읽고 있었다. 상대의 호흡에 집중하는 무인 특유의 성정 때문이었다.

맹자치가 평정심을 되찾은 듯하자 상중산이 나직하게 입을 열었다.

"우리가 늦었구려. 탁 노사!"

"아니오. 우리가 빠른 것이오. 본래 우리 묵영단은 모든 일에서 조금 빠르게 움직이는 편이오."

어둠 속에서 그들을 기다리고 있던 노인이 대답했다.

"그만큼 준비가 철저하단 말이겠구려."

상중산이 가볍게 미소를 지으며 말했다.

“그렇게 봐주시면 고마운 일이오. 눈치 없는 사람들은 성급하다고 말하기도 하는데…….”

사당 앞의 노고수 역시 가벼운 미소를 보이며 대답했다.

“성급함과는 다르지요. 오히려 전 믿음이 가는구려. 소개드리겠소. 이분이 바로 금림의 림주이신 맹 대인이시오.”

상중산이 노인에게 맹자치를 소개했다.

그러자 노인이 맹자치에게 시선을 돌리며 말했다.

“맹 대인의 명성은 오래전부터 듣고 있었소이다. 상계의 거두이신 맹 대인을 만나게 되어 영광이오.”

한순간 불쾌감이 일어난다.

비록 지금은 쫓겨난 신세지만 그래도 금림의 림주, 일개 무림의 칼잡이가 반존대를 할 상대는 아니었다. 상중산조차도 여전히 자신에겐 존대를 하지 않던가.

그러나 사람은 처지에 따라 행동해야 한다는 것을 누구보다 잘 알고 있는 맹자치다.

그래서 맹자치가 얼굴에 미소까지 지으며 노인의 인사에 마주 대답했다.

“반갑소이다. 상 대협께 말씀 많이 들었소이다. 앞으로 잘 부탁하겠소.”

맹자치의 대답에 노고수의 표정이 어둠 속에서 살짝 변했다.

보통의 경우 이 정도 분위기면 노련한 장사치들도 기가 죽어 자신의 얼굴도 똑바로 보지 못하는데 맹자치는 전혀 긴장한 것 같지 않았다.

역시 괜히 금림의 우두머리가 아니었다 싶었는지 노고수의 태도가 조금 변했다.

"어려운 길 오셨으니 좋은 결과가 있을 겁니다. 자, 안으로 들어가시지요."

노인의 말투와 태도가 변했음을 깨달은 맹자치가 가볍게 미소를 지었다.

역시 호랑이 굴에 들어가도 정신만 바짝 차리면 호랑이 새끼를 잡아 나오는 법인 모양이다.

그리고 오늘 그는 반드시 호랑이 굴에서 호랑이 새끼를 잡아낼 생각이었다.

끼이익!

오래된 사당 문이 비명 소리를 질러대며 열렸다.

그러자 살기의 강도가 서너 배는 더 강해졌다. 이때만큼은 아무리 담대해지려고 노력하는 맹자치조차도 잠시 걸음을 멈출 수밖에 없었다.

"들어가시지요."

상중산의 나직한 목소리를 듣고서야 맹자치가 정신을 차리고 걸음을 옮겼다.

사당 안에서는 검은 무복에 검은 천으로 얼굴을 가린 자들이 맹자치를 기다리고 있었다.

모두 세 명이었는데 가운데 있는 자는 낡은 나무 의자에 앉아 있었고, 다른 두 명이 그의 좌우에서 호위하듯 서서 맹자치를 바라보고 있었다.

"단주님, 금림의 림주 맹 대인 도착하셨습니다."

맹자치와 상중산을 사당 안으로 안내한 탁보전, 한때 하북 일대에서 권술의 달인으로 무명(武名)을 날리던 노고수가 나무 의자에 앉아 있는 면사의 인물을 보며 말했다.

그러자 검은 면사로 눈 아래 얼굴을 가린 자가 어둠 속에서 날카로운 눈으로 맹자치를 바라봤다.

맹자치 역시 단단히 마음을 먹고 그의 시선을 회피하지 않았다. 이미 흥정은 시작된 것이고, 흥정이 시작된 이상 상대에게 약세를 보이면 안 된다는 것이 상계의 불문율이다.

맹자치는 흥정에 관한 한 누구보다 노련한 인물이었다.

한참 맹자치를 바라보던 사내가 문득 입을 열었다.

"어서 오시오. 맹 대인! 만나서 반갑소."

"이렇게 만날 기회를 주어 고맙소이다."

맹자치가 사내의 말에 대꾸했다.

순간 사내의 좌우에 서 있던 자들이 눈을 치뜨며 한 걸음 앞으로 나서려는데, 사내가 손을 들어 그들의 움직임을 막았다.

아마도 좌우의 호위 무사들은 맹자치가 사내를 향해 공경한 말투를 쓰지 않은 것에 화가 난 모양이었다.

그러나 맹자치로서는 자신 역시 상계의 거두인 금림의 림주로서 정체도 모르는 자에게 비굴한 모습을 보일 수 없었다.

"오래전부터 나 역시 맹 대인을 보고 싶었소. 금림은 상계의 거두, 우리 묵영단으로선 금림과 같은 상가와 인연을 맺으면 많은 도움이 되기 때문이오. 그런데… 기대한 것과는 다른 방식으로 만나게 되었구려."

맹자치가 금림을 잃은 상태임을 말한 것이다.

"저 역시 이런 모습으로 단주… 님을 만나뵙게 되어 유감이외다."

"본래 인생이란 새옹지마, 복이 화가 되고 화가 복이 되는 법이니. 금림을 잠시 잃은 것을 너무 원통해하지 마시오. 우리 묵영단이 조금만 도와드리면 금림도 되찾고 이후에도 지금보다 더 큰 상가로 성장하게 될 것이오. 아니, 어쩌면 천하상계의 북두가 될 수도 있을 것이오. 마침… 황궁과도 거래를 트셨다니."

"그리만 된다면야……."

두려운 자들이지만 한편으로는 오히려 그래서 더 믿음이 가는 묵영단이다.

이들이라면 여망 녀석 정도는 충분히 몰아낼 수 있을뿐더러, 송가장의 몰락으로 인해 새로 구축해야 할 무림의 우호 세력을 확보하는 데도 큰 도움이 될 것 같았다.

아니, 어쩌면 이들은 송가장보다 훨씬 유용한 집단이 될 수 있다는 느낌이 들었다.

"우리 조건이 조금 까다롭다는 말을 들으셨을 거요."

단주라는 사내가 본격적으로 흥정을 시작했다.

"상 대협에게 약간의 말은 들었소이다."

맹자치가 대답했다.

"우린 보통 멸문의 위기에 빠진 문파나 상가를 구해주고 그 지분의 절반을 받고 있소. 이는 언뜻 무척 가혹한 대가라고 할 수 있지만, 또 달리 생각하면 우리가 도움을 주는 문파는 결국 우리와 한 몸이 된다는 의미이기 때문에 묵영단이 최선을 다해 맡은 일을 한다는 뜻이기도 하오."

사내의 말에 맹자치가 꿀꺽 침을 삼켰다.

상중산이 말한 대로다. 무영단의 단주는 조금의 여지도 두지 않고 금림의 절반을 요구하고 있었다.

"상가라는 것이, 혹은 무가라 해도 칼로 반을 자르듯 절반이오 하고 나눌 수가 없는 법인데, 어떤 방식으로 그 절반의 지분을 드려야 하는 것이오?"

맹자치가 물었다.

"무가라면 일은 오히려 쉽소. 우리 사람들이 절반 정도 상주하면 되니까. 그런데 상가는 조금 어려운 구석이 있소. 우리 묵영단은 무림의 세력이오. 그래서 상가에서는 할 일이 없소. 장사에 재주가 있는 것도 아니고. 해서 조건은 이렇소. 묵영단에서 파견하는 사람이 상가의 거래 내역이나 이문, 혹은 재력을 살필 수 있게 하고, 그중 절반의 재물을 아무 때나 우리가 원할 때 쓸 수 있으면 되오."

"상가의 일에는 관여치 않소?"

맹자치가 확인하듯 물었다.

그러자 사내가 잠시 생각에 잠겼다가 말했다.

"만약 거래가 우리의 적을 이롭게 하는 것이거나, 또 거래의 규모와 이득을 속이지만 않는다면 상가의 운영에는 관여치 않겠소. 이건… 오직 금림이기에, 그리고 림주의 권위를 세워 드리기 위해 특혜를 드리는 것이오."

묵영단의 단주가 그저 맹자치의 동의를 구하기 위해 거짓 호의를 보이는 것 같지는 않았다.

살기가 강하고, 그 행동이 마도의 인물처럼 보이기는 하지만 거짓말을 할 사람으로 보이지는 않았다.

사내의 제안을 받은 맹자치의 얼굴이 조금 밝아졌다. 이런 제안이라면, 금림의 운영에 관여치 않고 재물만 필요로 하는 것이라면 손해는 커도 받아들이지 못할 이유가 없었다.

"좋소이다. 이 거래에 응하겠소."

맹자치가 시원하게 대답했다.

그러자 오히려 사내가 한 번 더 생각해 보기를 권했다.

"금림은 거대한 상가요. 그곳에서 나오는 이문의 절반을 내놓는 것은 결코 간단한 문제가 아니오. 정말 신중하게 생각하신 거요?"

"아시겠지만 나로선 거절할 수 없는 일이오. 그리고 어차피 거래를 할 바에는 단주와 대가를 두고 실랑이를 하고 싶은 생각은 없소. 첫 인연이 좋아야 끝도 좋은 법이니……."

맹자치가 대상인다운 단호함을 보였다.

그러자 사내의 눈에 감탄의 빛이 스치고 지나갔다. 비록 뜻하지 않은 일로 금림을 잃었지만 맹자치가 큰 상인임을 새삼스레 깨달은 모양이었다.

"좋소. 나 역시 대인께 약속한 일은 반드시 지키겠소."

단주도 맹자치의 말에 호응했다.

그러자 지금껏 침묵을 지키고 있던 상중산이 입을 열었다.

"우리가 원하는 것은 림주를 배신한 몇몇 반도를 처단하는 일입니다."

"알고 있소. 원하는 방법을 말해주시오. 림주께서 직접 우리의 형제들을 데리고 금림으로 들어가 그들의 목을 벨 것인지, 아니면 살수를 보내 은밀히 그들을 죽이길 원하시는지……."

묵영단의 단주가 어떤 방식이든 가능하다는 듯 자신감을 드러내며 말했다.

그러자 상중산이 맹자치에게 물었다.

"이 결정은 림주께서 하셔야겠습니다."

"음… 일을 수월하게 하기 위해선 살수를 보내는 것이 좋겠지만, 금림의 식솔들에게 내가 금림의 주인임을 확실하게 각인시켜 주려면 내가 금림으로 가 여망을 꿇리고 죄를 물어야 할 것 같소."

맹자치가 자신이 원하는 바를 말했다.

그러자 묵영단주가 자리에서 일어나며 말했다.

"모든 것은 림주께서 원하시는 대로 될 것이오."

* * *

단 열흘, 그 짧은 시간에 여망은 놀라운 수완을 발휘했다.

그는 단 열흘 만에 금림을 온전히 자신의 수중에 넣었다. 마치 아주 오래전부터 이런 때를 대비해 왔던 것처럼, 서른을 갓 넘은 이 젊은 상인은 고스란히 거대한 금림을 집어삼켰다.

그런데 그럼에도 불구하고 금림 내의 반발은 거의 없었다.

삼사 일, 자신의 숙소에 갇혀 악을 쓰며 여망을 욕해대는 맹소소의 광기도 서서히 잦아들었다.

그 이후에는 그 누구도 여망이 금림의 새로운 림주가 되는 것에 불평하는 사람들이 없었다.

이유는 아주 단순했다.

그동안 맹자치는 수십 년간 금림의 림주로 군림하면서 금림의 모든 재력과 권력을 독점했다.

본래 다섯 성씨가 모여 만든 금림에서 맹씨를 제외한 다른 네 성씨의 우두머리들은 어느 순간부터 금림의 권력에서 철저히 배제됐다.

오대성씨 출신의 상인들이 주를 이뤘던 과거와 달리 맹자치는 자신의 성씨와 그가 밖에서 데려온 젊은 상인들을 키워 네 성씨의 상인들을 대체했던 것이다.

그런 상황에서 여망이 맹자치를 몰아내고 금림을 장악한 후 가장 먼저 한 일이 바로 소외된 네 성씨의 상인들을 중용해 자신의 편으로 만드는 것이었다.

이미 약해질 대로 약해진 네 성씨의 상인들은 여망이 그들을 중용하겠다고 약속하자 금세 여망의 사람이 되었다.

그 대가로 그들은 금림 내에서는 물론, 대외적으로도 여망이 금림의 새로운 정당한 수장이 되었음을 인정하는 증인들이 되었다.

여망에게 금림의 림주로서의 정당성을 부여한 것이다.

그렇다고 네 성씨의 상인들이 예전처럼 금림을 온전히 장악할 수 있는 것은 아니었다.

이미 맹자치가 외부에서 불러들여 키운 젊은 상인들이 금림 상행의 중추를 담당하고 있어서 그들의 힘 역시 무시할 수 없기 때문이었다.

그런데 맹자치가 키운 이 젊은 상인들 역시 여망의 지위를 더욱 단단하게 만들었다. 그들은 자신들과 같은 성장 배경을 가진 여망의 성공을 심정적으로 지지했기 때문이다.

그래서 놀랍게도 여망은 십여 일이 되지 않아 금림을 완전히 자신의 것으로 만들 수 있었다.

그리고 그 놀라운 금림의 변화를 가장 가까이서 지켜본 사람들은 천룡표국의 소국주 목인홍과 대표두 이자두 일행이었다.

여망의 입장에서 보자면 불쾌하기 이를 데 없는 손님, 당장 장원에서 밀어내도 할 말이 없는 그들이었다.

그도 그럴 것이 애초에 여망의 정혼자와 혼인을 하기 위해 온 목인홍 일행이 아닌가.

그런데 그럼에도 불구하고 여망은 지난 십여 일 동안 그들이 장원에 머무는 것을 허락했다. 물론 대접도 극진했다.

그들은 여전히 금림의 귀한 손님이었고, 행동의 제약도 받지 않았다.

이런 대접은 목인홍 등도 미처 예상하지 못했던 것이었다.

여망은 그들을 바로 내보내지 않고, 자신이 금림의 새로운 림주로 인정받는 모습을, 수많은 상행과 거래들을 맹자치 없이도 무리 없이 수습하는 모습을, 그리고 네 성씨의 우두머리들이 젊은 자신을 림주로 인정하는 모습을 가감 없이 목인홍 등에게 보여주었다.

그런 여망의 대담한 모습을 보며 목인홍과 이자두는 여망이라는 젊은 상인에 대해 감탄했다. 그들은 이런 변고를 겪고도 금림이 몰락하지 않고 맹자치가 다스리던 시절보다 오히려 더

번성할 수 있을 거란 확신을 가진 후에야 금림을 떠나기로 결정했다.

삐이꺽!

거대한 금림의 장원이 그 문을 열었다.

아마도 여망의 반란 이후 처음으로 정문이 활짝 열린 날일 것이다.

그렇게 열린 문을 통해 조금은 어색한 모습의 일행이 말을 타고 장원에서 나왔다.

그 뒤로 새 림주 여망과 맹씨를 제외한 네 성씨의 우두머리들이 말 탄 자들을 배웅하러 장원 밖까지 따라 나왔다.

"부디 국주께 이곳의 사정을 잘 말씀드려 주시기 바랍니다. 금림은 이전과 마찬가지로 천룡표국과 좋은 인연을 맺기를 기대하고 있습니다."

말에 탄 목인홍을 보며 여망이 정중하게 말했다.

"천룡표국 역시 마찬가집니다. 어찌 금림과의 인연이 끊어지겠습니까? 부디… 림주께서 금림을 더욱 번성시키시기를 기대하겠습니다."

목인홍이 최대한 정중하게 대답했다.

"고맙습니다. 금림이 안정되면 조만간 천룡표국을 찾아가 국주께 인사드리도록 하지요."

"하하하, 기대하고 있겠습니다. 그럼!"

목인홍이 일부러 커다란 웃음을 터뜨리고는 말 머리를 돌려 장원을 벗어나기 시작했다.

그 모습을 보고 있던 여망 등이 주위를 한 번 둘러본 후 장원 안으로 들어갔다.

"이대로 돌아가도 될지 모르겠습니다."

여망 등이 장원으로 들어가고 금림의 문이 닫히자 슬쩍 뒤를 돌아본 대표두 이자두가 목인홍에게 말했다.

"그게 무슨 말씀이십니까? 달리 할 수 있는 게 없지 않습니까?"

"맹 소저에 대해 어떤 당부나 혹은 데리고 나왔어야 하지 않을까 해서……."

"그녀를 내어달란다고 그가 허락하겠습니까? 결국 그녀로 인해 일어난 일인데."

목인홍이 냉정하게 말했다.

그러자 이자두가 고개를 저으며 대답했다.

"저 역시 그가 맹 소저를 내어줄 거란 생각은 하지 않습니다. 맹자치가 살아 있는 한 맹소소는 좋은 인질이니까요. 하지만 말이라도 꺼냈어야 하는 게 아닐지… 세상에 이 일이 알려졌을 때, 그래도 우리 천룡표국이 정혼자에 대한 의리는 지키려 했다는 것을 알리는 것이 낫지 않겠습니까?"

이자두의 말에 목인홍의 표정이 살짝 변했다.

"생각해 보니 그렇군요. 그런데 그 말씀을 왜 이제야?"

"저 역시 경황이 없던 터에… 후우, 죄송합니다. 제가 실수를 한 것 같습니다. 미리 말씀드리고 대책을 세워야 했는데."

이자두가 고개를 조아렸다.

"아닙니다. 대표두님 잘못이 아니지요. 우리 모두 정신이 없었으니까요. 아무튼 참 대단한 사람입니다."

"새 림주 말입니까?"

"예. 그 나이에 어떻게 그런 강단과 능란함이 가능한지……."

"저도 감탄했습니다. 큰 탈이 없다면 아마 십 년 안에 상계를 휘어잡을 겁니다."

여망에 대한 평가에서는 목인홍과 이자두가 의견을 같이했다.

"그는 어떤 선택을 할까요?"

"누구 말입니까?"

"전대 림주 말입니다."

목인홍이 말하자 이자두가 고개를 갸웃하며 대답을 미루다가 나직하게 입을 열었다.

"이런 경우는 오직 한 가지 수단이 남았을 뿐이지요."

"……?"

"살수를 쓰는 겁니다."

"결국… 그 수만 남은 거군요."

목인홍이 두려운 빛을 보이며 고개를 돌려 금림을 바라봤다.

아마도 곧 그곳에서 다시 한번 피바람이 불 것이다. 그리고 그 또 한 번의 피바람 후에야 금림은 평온을 되찾을 것이다.

*　　　*　　　*

금림에 다시 한번 피바람이 불 것이란 천룡표국 사람들의 예상은 틀리지 않았다.

다만 그들의 예상과 다른 점도 있었다. 그건 맹자치가 살수를 쓰는 대신 금림의 이익 절반을 내주고 끌어들인 묵영단을 데리고 당당하게 여망을 만나기로 결정했다는 것이다.

그런데 금림의 재산을 절반이나 내주기로 약속하고 끌어들인 묵영단 무사들이 약속 장소에 나타났을 때 맹자치는 실망하지 않을 수 없었다.

나타난 무인의 숫자가 겨우 십여 명, 더군다나 사당에서 만났던 묵영단주는 보이지도 않았다.

그들을 인솔하는 것은 탁보전과 묵영단주를 호위하는 인물 중 한 명이었다.

그래서 금림 오 리 밖 숲에서 그들을 만났을 때, 맹자치는 묻지 않을 수 없었다.

"이 사람들이 전부요?"

맹자치의 질문은 당연히 그가 묵영단의 고수들 중 유일하게 얼굴을 알고 있는 벽력권 탁보전에게로 향해 있었다.

"그렇소."

"금림은… 그리 간단한 곳이 아니오. 더군다나 내가 살아 있기 때문에 여망도 그동안 많은 준비를 했을 것이오."

맹자치가 이 정도 인원으로는 절대 금림을 되찾을 수 없다는 의미로 말했다.

반면 탁보전은 맹자치와 생각이 달랐다.

"우릴 믿으시오. 우린… 림주가 생각하는 그런 보통의 무인들이 아니오."

탁보전의 자신 있는 말에 맹자치가 더 이상 반박을 하지는 못했지만, 그래도 불신의 기색을 지우지 못했다.

그러자 곁에 있던 상중산이 맹자치를 달랬다.

"림주, 너무 걱정 마십시오. 묵영단은 이 정도 인원으로 석성의 유가장을 굴복시켰습니다."

"석성 유가장을 말이오?"

맹자치가 놀란 표정으로 되물었다.

석성 유가장은 비록 한 지역의 패자는 아니지만 그래도 하북 일대에서는 제법 힘을 쓰는 무가다.

무력으로 보자면 장사를 하는 상가와 비교할 수 없을 만큼 강한 곳이고, 절정고수도 서넛이 포함되어 있는 무가였다.

"그렇습니다. 석성 유가장의 문도들 중 일류 소리를 듣는 무인은 삼십 명이 넘습니다. 그중 절정의 경지에 이른 자도 서넛 되지요. 여망이 아무리 준비를 한다 해도 십여 일 동안 석성 유가장의 무력을 능가하지는 못할 겁니다."

"음… 그렇긴 하구려."

맹자치가 새삼스러운 눈으로 얼굴을 검은 면사로 가린 십여 명의 묵영단 고수들을 바라봤다.

유가장의 일을 듣고 난 후라 그런지 그들이 좀 더 두렵게 느껴졌다.

그 와중에 탁보전이 다시 입을 열었다.

"그동안 림주와 거래하기로 결정한 이후 우리 나름대로 금림의 사정을 알아봤소이다. 그런데 여망이라는 새 림주는 특별하게 무인을 보강한 것 같지는 않았소. 단지 외부의 문파들에게 자신이 림주가 된 것에 대한 정당성을 알리는 일에 집중하고 있었소. 즉, 림주께서 조력자를 얻지 못하게 하는 데 관심을 쏟고 있었다는 뜻이오."

"하긴… 금림과 인연을 맺은 무가들을 설득할 수 있으면 굳이 무력을 강화할 필요는 없었겠지."

맹자치가 이해가 된다는 듯 고개를 끄떡였다.

"그의 실수는 강호에는 밖으로 드러나지 않은 세력이 많다는 것을 간과한 것이겠지요. 문주께서 묵영단이라는 조력자를 얻게 될 거라고는 생각지 못했을 겁니다. 그러니 이제 그 대가를 치르게 될 겁니다."

상중산이 말했다.

상중산의 말까지 듣고 나서야 맹자치의 표정이 풀렸다.

"좋소. 갑시다. 가서 그 애송이 놈을 무릎 꿇립시다."

맹자치가 호기롭게 말했다.

금림은 십여 일 전 폭풍 같은 반란을 겪은 곳답지 않게 무척 평온했다.

그 평온 속에는 조금씩 새로운 시대에 대한 활기 같은 것도 느껴졌다.

혼란했던 내부의 상황을 빠르게 정리한 새로운 림주 여망이 곧 여러 개의 상단을 꾸려 천하를 상대로 상행을 시작할 것이라는 말도 나돌고 있었다.

그 기대감을 반영하듯 장원 경비를 맡은 무사들은 저녁이 되었음에도 지치지 않고 생생해 보였다.

그중에서도 난이 일어나기 전이나 후나 여전히 정문의 경비를 책임지고 있는 임자도의 기분은 특히 좋았다.

본래 어떤 조직에서든 우두머리가 바뀌면 그 밑에서 한자리 차지하고 있던 사람들도 바뀌게 마련이다.

그런데 새로운 림주 여망은 여전히 임자도를 신뢰해, 그를 장원의 정문 경비를 책임지는 우두머리로 그대로 놓아두었던 것이다.

졸지에 금림의 경비 책임자라는 권력을 잃을 뻔했던 임자도로서는 기쁘고 다행스러운 일이 아닐 수 없었다.

더군다나 금림의 조직이 새로 정비되면서 그는 세 무리로 나뉜 금림 경비대 중 한 조의 조장이라는 지위까지 얻은 상태였다.

그런 이유로 임자도는 여망의 재신임을 받자 더욱 철저하게 금림의 정문을 지키고 있었다.

그런데 오늘 밤, 그는 다시 한번 특별한 경험을 할 수밖에 없는 운명이었다.

"조장님! 누가 오는데요?"

임자도와 함께 정문 경비조에 속한 무사 하나가 임자도를 향해 소리쳤다.

"이 밤중에 누가 금림에 온단 말인가? 그것도 아직은 외부의 손님을 받지 않는다는 것을 세상이 다 알고 있는데……."

임자도가 조금 귀찮은 표정으로 중얼거렸다.

그런 사이 금림과 이어진 너른 관도에 나타난 일단의 무리들이 말을 탄 채 어둠 속을 달려 금림의 정문 앞에 도달했다.

그리고 그들이 정문 앞에서 불타고 있는 두 개의 거대한 횃불 아래 얼굴을 드러내는 순간, 임자도는 자신이 다시 한번 큰 선택의 갈림길에 섰음을 깨달았다.

"리… 림주님!"

임자도의 입에서 자연스럽게 림주라는 말이 흘러나왔다.

새로운 림주 여망은 장원 안에 있지만 정문 앞에 나타난 자의 얼굴을 본 이상 그의 입에서 다른 말이 나올 수가 없었다.

십수 명의 무리를 이끌고 장원 앞에 나타난 자는 바로 전대 림주 맹자치였기 때문이다.

"임자도, 팔자가 좋군."

맹자치가 임자도를 향해 비웃듯 말했다.

"리, 림주님……."

임자도가 당황한 듯 맹자치의 시선을 회피했다.

"여망 그놈에게 충성 맹세라도 한 모양이지. 여전히 정문을 지키고 있는 것을 보면……."

"그, 그것이, 소인이야 목구멍이 포도청이라……."

임자도가 일류고수답지 않게 궁색한 변명을 늘어놓았다.

"하긴, 금자를 주고 고용한 무인에게 전 주인에 대한 충성을 요구할 수는 없지. 아무튼 좋다. 일단 문을 열어라!"

맹자치가 다시 금림의 림주가 된 것처럼 명했다.

"문… 을요?"

임자도가 본능적으로 물었다.

"왜? 새로운 림주에게는 목숨을 바쳐 충성할 생각인가?"

맹자차가 싸늘한 시선으로 임자도를 노려보며 물었다.

순간 임자도는 자신이 할 수 있는 일이 없다는 것을 깨달았다.

문을 열기를 거부하면 맹자치를 따라온 저 무시무시한 흑의 면사인들이 자신을 죽일 것이 분명하기 때문이다.

비록 일류고수 소리를 듣지만 임자도에게는 흑의 면사인들을 상대할 용기가 없었다.

"아닙니다. 열겠습니다. 어서 문을 열어라!"

임자도가 정문 경비조의 무사들을 향해 소리쳤다.

그의 명을 들은 경비 무사들이 급히 정문을 열어젖혔다.

끼이익!

거대한 마찰음이 일어나며 굳게 닫혔던 금림의 문이 열렸다.

그러자 맹자치가 서슴없이 말을 몰아 장원 안으로 들어가며 큰 소리로 외쳤다.

"여망! 어디 있느냐? 나 맹자치가 돌아왔다. 열흘 동안 림주 노릇은 즐거웠느냐?"

맹자치의 외침이 금림 전체로 퍼져 나갔다.

그러자 금림 곳곳에서 불이 밝혀지고, 사람들의 자신의 거처에서 쏟아져 나오기 시작했다.

"이게 또 무슨 변고란 말인가? 젠장, 내가 이 짓을 그만두든지 해야지. 이러다가 놀란 심장이 멎어 죽겠다!"

장원 안으로 들어가며 어둠에 잠긴 금림을 깨우는 맹자치를 보며 정문 경비조장 임자도가 투덜거렸다.

"림주님이다!"

"전대 림주께서 오셨다고?"

금림이 술렁였다.

맹자치는 당당하게 금림의 정문으로 들어와 자신의 귀환을 알렸다.

이런 방식의 등장은 금림의 식솔들에게는 큰 충격이었다.

맹자치가 기습적인 공격을 하든가, 혹은 살수를 써서 여망을 공격할 거란 예상들은 했지만, 이렇게 당당하게 정문을 통해 금림으로 걸어 들어올 거라고는 누구도 예상치 못했다.

당연히 여망 역시 당황스러운 것은 마찬가지였다.

여망은 늦은 밤까지 오대성씨, 아니, 이제는 사대성씨가 된 금림의 수뇌들과 향후 금림의 행보에 대해 논의를 하던 중에 맹자치의 복귀 소식을 들었다.

맹자치의 예상치 못한 방식의 복귀는 여망과 사대성씨의 수뇌들에게 어떤 대책도 세울 시간을 주지 않았다.

그래서 그들이 당황스러운 마음으로 문을 열고 림주전을 나섰다.

그리고 그때는 이미 맹자치가 과거 자신의 처소였던 림주전에 당도해 있었다.

"오! 마침 모두 모여 있었군."

맹자치가 림주전에서 몰려나오는 여망과 사대성씨의 수뇌들을 보며 호기롭게 말했다.

그런 맹자치 무리를 여망이 재빨리 살폈다.

맹자치와 함께 온 인원은 겨우 십여 명 정도, 그중 상중산 말고는 아는 얼굴이 없다.

그들이 얼굴을 검은 면사로 가리고 있기 때문은 아니었다. 면사의 사내들이 풍기는 기도가 평소 금림과 인연을 맺었던 무가 사람들의 기도와는 전혀 달랐다.

새로운 누군가가 맹자치를 돕기 위해 나섰다는 의미다.

"림주, 돌아오셨군요."

여망이 긴장한 마음을 드러내지 않으면서 맹자치에게 가볍게 고개를 숙여 보였다.

"돌아올 밖에, 이곳이 내 집인데 어디로 가겠느냐?"

맹자치가 예의 그 부드러운 얼굴로 대답했다.

"손님들도 데려오셨군요."

"음… 내 사정을 너도 잘 알고 있지 않으냐? 누군가의 도움이 필요한 시기지."

맹자치가 십여 명에 불과한 조력자들을 단단히 믿고 있는 표정으로 말했다.

"림주님… 이미 금림은 새로운 시대를 맞았습니다. 림주님의 시대는 끝이 났지요. 원하신다면 소소와 함께 지낼 작은 장원을 내어드리겠습니다. 그러니 외인들은 물리시지요."

여망이 정중하게 말했다.

그러자 맹자치가 사람 좋은 웃음을 터뜨렸다.

"하하하, 망아! 넌 아직 멀었구나. 본래 한 나라나 한 성, 혹은 한 가문의 권력일지라도 매정해야 지켜지는 법이다. 네가 금림을 차지하려면 날 죽여야 하는 것이야. 그게 온전히 네가 금림을 얻는 방법이다."

"사람마다 권력을 얻고 지키는 방법이 다르지요. 전 권력을 독점하기보다는 공유하는 쪽을 선택했습니다. 초기 금림의 시대처럼 여기 사대성씨의 수장분들과 함께 그림을 이끌어갈 것입니다. 그러니 피는 더 이상 흘릴 필요가 없지요."

여망이 단호하게 말했다.

"후후후, 어리석은 놈. 권력은 부모 자식 간에도 나눌 수 없는 것이거늘……."

맹자치가 고개를 저었다.

"물론 림주님과 나눌 권력은 없습니다."

여망이 대답했다.

"무릎을 꿇어라. 당신들도 모두! 그렇지 않으면 오늘 크게 피를 볼 것이다."

맹자치가 부드러운 표정을 지우고는 사나운 눈초리로 여망과 사대성씨의 수장들을 노려보며 경고했다.

"림주, 이제 더 이상 금림의 림주의 것이 아니오. 본래 금림의 모습, 오대성씨가 사이좋게 이득을 나누던 그 시절로 돌아갔소. 그러니… 이만 금림을 떠나시구려. 그럼 피차 피를 볼 일이 없을 것이오."

호씨 일족의 수장 호괄이 단호한 표정으로 맹자치의 말에 대답했다.

그러자 맹자치가 호괄을 보며 말했다.

"여망이 그대들을 지켜줄 수 있을 것 같소?"

"이제 우리는 우리 자신이 지키오."

호괄이 그동안 맹자치에게 당했던 굴욕을 떠올린 듯 분노한 표정으로 말했다.

"후우… 어리석은 자들, 그대들이 금림의 권력에서 밀려난 것은 나 때문이 아니라 그대들 능력이 부족했기 때문이다. 그런데 그 일을 두고서 날 배격하고 애송이를 금림의 수장으로 앉히다니. 향후 금림이 몰락하면 그나마 그대들의 누렸던 모든 것도 사라질 터인데, 겨우 자존심 때문에 그 길을 택한단 말인가?"

맹자치는 여망이 이끄는 금림이 결코 현재의 성세를 이어갈 수 없을 거라 확신하는 모양이었다.

그러자 호괄이 다시 입을 열었다.

"림주, 착각하지 마시오. 새로운 림주는 금림을 한 단계 더 성장시킬 테니. 충분히 그럴 능력이 있고 말이오. 림주야말로 능력이 부족해 밀려났으면 조용히 은거해 목숨을 부지할 일이지. 외인까지 끌어들여 금림에 또다시 피바람을 몰아온단 말이오? 이게 과연 금림을 위한 길이오?"

호괄이 냉엄하게 맹자치의 행동을 지적하자 맹자치가 일순 대답을 하지 못하고 호괄을 노려봤다.

그러자 여망이 호괄 앞으로 나서며 맹자치에게 말했다.

"림주께서 다시 한 번 금림을 얻고자 이렇게 오셨으니 기회는 드리지요. 비록 상계의 법칙은 아니지만 림주께선 절 상대해서 이겨내신다면 전 금림을 다시 림주께 돌려 드리겠습니다."

말을 하며 여망이 가볍게 자신의 검을 뽑아 들었다.

"네놈이 사람들의 눈을 피해 몰래 무공을 수련해 놓고는 그 무공으로 날 상대하겠다는 것이냐?"

맹자치는 이미 여망이 구여성을 상대하는 것을 보았다.

당시 여망의 무공은 절정고수 못지않은 것으로 그 자신이 감당할 수 있는 수준을 넘어선 것이었다.

"스스로 날 상대할 자신이 없으면서 찾아오셨단 말이오?"

"흥! 상인이 어찌 도검으로 승부를 가리랴! 상인은 재물로 사람을 쓰는 법, 나 대신 널 상대할 사람을 데려왔으니 어디 견뎌보거라."

맹자치가 여망을 한 번 쏘아보고는 고개를 돌려 얼굴을 가린 면사인들 중 벽력권 탁보전을 바라봤다.

오늘 맹자치를 돕기 위해 온 묵영단의 고수들 중 벽력권 탁보전은 두 손가락 안에 드는 고수였다.

다른 한 사람은 사당에서 묵영단주를 호위했던 자들 중 한 명으로 탁보전은 그를 풍검 양 노사라고 불렀다.

맹자치가 은밀히 상중산에게 물어보니 그의 이름은 양무동, 묵영단에서 탁보전 등 다른 삼 인과 함께 묵영사신으로 불리는 사대고수 중 한 명이라고 했다.

그렇게 보면 오늘 맹자치를 돕기 위해 묵영단에서 단주를 제외하고 가장 뛰어난 고수 중 둘이 온 것이다.

맹자치가 적은 숫자의 인원에도 불구하고 여망과의 승부를 자신하는 이유였다.

맹자치의 시선을 받은 벽력권 탁보전이 풍검 양무동과 시선을 교환하고는 앞으로 나서며 입을 열었다.

"기억할지 모르겠군. 난 과거 하북에서 권술로 약간의 이름을 알렸던 벽력권 탁보전이라는 사람이오. 오늘 맹 림주님을 대신해 힘을 좀 써볼까 하는데, 그대들 중 혹 나의 권법을 상대할 용기가 있는 사람이 있을지 모르겠소?"

탁보전의 얼굴과 말투에서는 이들 중 그 누구도 자신의 상대가 될 수 없다는 자신감이 묻어 나오고 있었다.

제9장
적월과 귀수 두황의 힘

"벽력권!"

"음… 벽력권 탁보전!"

나이 좀 있는 금림의 상인들이 나직하게 탄성을 흘려냈다.

십여 년 전에 강호에서 자취를 감춘 인물이지만 벽력권 탁보전은 상계에서 잔뼈가 굵은 사람이라면 모를 수 없는 고수다.

한때 하북 일대에서 적수를 찾기 힘든 권술의 대가로 이름을 날렸던 그가 아닌가.

금림과 같은 대상가에서 일을 하는 상인들이 결코 모를 수 없는 무림의 고수였다.

당연히 금림과 같은 상가에서 그를 상대할 무공의 고수는 찾기 힘들었다.

예전이라면 구여성이나 상중산이 얼추 그와 실력을 겨룰 수 있었을 것이지만, 지금 두 사람은 여망의 사람이 아니었다.

그러자 자연스레 사람들의 시선이 여망과 어느새 장내에 모습을 드러낸 적월에게로 향했다.

특히 여망보다도 적월에게 더 많은 시선을 가는 것은, 금림의 식솔들이 직접 보지는 않았지만 이미 그에 대한 소문이 금림 전체에 퍼져 있기 때문이었다.

여망이 난을 일으키기 전 실질적으로 금림 내 제일고수였던 구여성을 꺾은 자, 구여성 스스로 패배를 시인하게 만든 젊은 고수에게 눈길이 가는 것은 당연했다.

금림의 식솔들은 구여성을 꺾은 그라면 탁보전도 상대할 수 있을 거라 기대하는 듯 보였다.

그런데 일은 또 사람들의 예상과 전혀 다른 방향으로 흘러갔다.

적월이 탁보전을 상대하기 위해 나서기 전에, 다른 한 명의 인물이 뜬금없이 불쑥 여망의 곁으로 다가서며 입을 열었기 때문이었다.

"림주, 이 일은 내게 맡겨야겠네."

그리 크지 않은 키, 하지만 강철처럼 단단해 보이는 팔과 몸을 지닌 노인, 장내의 모든 사람이 그를 알고 있었지만, 또 누구도 지금 이 순간 그가 나설 것이라고 생각지 못한 사람이었다.

"아니, 저 양반이 대체……?"

"대숙수가 왜 이 자리에……?"

금림의 모든 사람은 십수 년간 금림의 주방을 책임져 온 두충을 알고 있다.

그의 손맛이 금림의 모든 사람들 입맛을 길들여 놓았으므로 그를 모를 사람은 없었다.

그러나 주방에서 식도(食刀)나 휘두를 사람이 대체 왜 이 엄중한 상황에 끼어든단 말인가.

아무리 주방에서 칼질을 잘해도 무림의 고수들이 겨루는 이 긴박한 상황에 두충은 어울리지 않는 인물이었다.

그런데 더 놀라운 것은 새로운 림주 여망의 반응이었다.

"사부께서요?"

여망이 두충에게 되물었다.

"사… 부?"

"사부래. 사부."

"대체 이게 어찌 된 일이지?"

두 사람 사이를 모르는 금림의 식솔들이 술렁였다.

그들에게는 맹자치가 돌아온 것만큼 두충과 여망의 관계가 당황스러웠다.

그리고 그중 가장 당황하는 사람은 맹자치였다.

"사부라니. 대체 너희 두 사람 무슨 수작이냐?"

아마도 맹자치는 여망과 두충이 무슨 간계를 꾸미고 있다고 느낀 모양이었다.

"내 사부께서 벽력권을 상대하시겠다는군요."

여망이 대답했다.

"사부라니. 두 숙수가 어찌 너의 사부가 된단 말이냐? 그에게 요리법이라도 배웠단 말이냐?"

"요리는 아니어도 칼 쓰는 법은 배웠지요."

여망이 대답했다.

순간 맹자치가 얼어붙은 듯 얼굴을 굳혔다.

그의 눈이 여망과 두충을 번갈아 바라봤다. 눈빛이 영활하게 빛나는 것으로 보아 머릿속에서 수많은 생각들이 오가는 것이 분명했다.

그리고 한동안 두 사람을 응시하던 맹자치가 한순간 무엇인가를 깨달은 것처럼 소리쳤다.

"이제야 알겠구나. 두충, 바로 네놈 짓이었군!"

"그게 무슨 소리요? 림주."

두충이 무심한 눈으로 맹자치를 바라보며 물었다.

"그날 어떻게 장원의 모든 사람들이 잠들었나 했더니 네놈이 수작을 부렸어. 주방에서 나가는 모든 음식에 독을 풀었구나."

"독이라니 말씀이 지나치시구려. 난 단지 그날 금림의 형제들이 문주의 추악한 이기심으로 시작된 내 제자와의 싸움을 보지 않기를 바랐던 것이오. 사실 지금까지도 금림의 형제들 중 림주가 천룡표국과 사돈이 되기 위해 여망을 죽이려 했다는 걸 모르는 형제들도 많소."

두충이 금림의 사람들이 몰랐으면 했다면서도 맹자치가 한 일을 모든 사람 앞에서 떠벌렸다.

흥분하지 않고 조용하게 맹자치를 비난하는 두충의 말투가 맹자치를 더욱 분노하게 만들었다.

"이놈, 감히……."

"잠깐!"

맹자치가 두충을 향해 욕설을 쏟아내려는데 갑자기 두충이 손을 들어 맹자치의 말을 막았다.

그리고 그 순간부터 두충의 기도가 돌변했다.

지금까지는 어리숙한 주방의 숙수 모습이었지만 맹자치의 말을 막은 그 순간부터 장내의 누구도 쉽게 감당하지 못할 강력한 기운을 뿜어내기 시작한 것이다.

그 기세에 놀란 맹자치가 그의 말대로 입을 다물었고, 여망을 상대하겠다고 나선 벽력권 탁보전조차도 놀란 눈으로 두충을 바라볼 정도였다.

그렇게 기세로서 사람들을 놀라게 만든 두충이 무겁게 입을 열었다.

"지금까지야 금림 주방의 대숙수로서 나에 대한 림주의 무례를 용납했으나 이제부터는 그러지 않을 생각이오. 그러니 앞으로는 말조심하시구려. 난 이제 주방의 대숙수가 아니라 무림의 칼잡이로 돌아왔으니."

"너… 의 정체가 대체 뭐냐?"

"그건 알 것 없고. 아무튼 앞으로는 말조심하시오. 다시 한번 내 기분을 상하게 한다면 내 마음과 손도 독하게 변할 테니."

두충의 경고에 맹자치가 더 이상 입을 열지 못했다.

두충의 눈에서 흘러나오는 서릿발 같은 안광을 감히 감당할 수 없었던 것이다.

그런 두충을 보며 벽력권 탁보전이 나직하게 물었다.

"내가 강호의 경험이 그리 적지 않은데, 그대와 같은 고수는 본 적이 없소. 내게도 정체를 숨길 생각이오?"

"내가 왜 그대에게 내 내력을 말해야 하지?"

두충이 되물었다.

"내가 누군지 모르오?"

"벽력권 탁보전, 그대 입으로 말하지 않았던가?"

"그 이름과 별호가 당신에겐 아무런 의미가 없소?"

탁보전이 겁박하듯 물었다.

"적어도 내 정체를 스스로 밝힐 만큼의 의미는 없는 것 같군. 하물며… 마도 무리들을 데리고 다니는 주제에……."

두충이 탁보전을 힐난했다.

그런데 그런 두충의 힐난에 탁보전은 화를 내기보다는 오히려 당황한 듯한 반응을 보였다.

그러면서 슬쩍 시선을 돌려 얼굴을 면사로 가린 묵영단의 고수들을 바라봤다.

마치 그들이 마도의 무리라는 것을 어떻게 알았을까 하는 표정이었다.

"당황했나? 놀랄 일도 아니지. 무인이 얼굴을 가린다고 그 기도를 감출 수 있나. 저자들은 그대와는 조금 다른 기도를 가지고 있어. 마도의 기운이 물씬 풍겨. 처음에는 살수들인가 했는데, 그건 아닌 것 같고… 그래, 어느 마문의 사람들인가?"

두충이 탁보전 뒤에 서 있는 흑의 면사인들을 보며 물었다.

잠시 침묵이 흘렀다.

그리고 그 침묵 끝에 묵영단 고수들을 이끌고 있는 풍검 양무동이 귀곡성 같은 음성으로 입을 열었다.

"정말 놀라운 자군. 애써 감추고 있던 기도를 읽어내다니."

마도의 인물이란 것을 부인하지 않는 대답이다.

"그래서 이제 조금 걱정이 되지 않나? 너무 적은 숫자가 왔구나 싶고……."

두충이 능글거리며 물었다.

"전혀. 그대가 천하십대고수는 아닐 테니……."

"그 정도 인물이어야 그대들을 막을 수 있다?"

"겪어보면 알겠지."

"후후, 좋아. 그럼 어디 한번 겪어볼까?"

툭!

두충이 가볍게 땅을 찼다. 그러자 그의 몸이 퉁겨지듯 허공으로 떠오르더니 한순간에 탁보전 앞에 내려섰다.

"그대가 먼저인가? 아니면 저자가?"

두충이 탁보전과 묵영사신 풍검 양무동을 번갈아 보며 물었다. 자신 없으면 뒤로 물러나라는 뜻이다.

"벽력권 탁보전의 이름조차 무시할 수 있는지 그대의 무공을 시험해 보겠다."

탁보전이 자존심이 상한 듯 차갑게 응대했다.

"좋아. 오랜만에 손을 써보는군."

두충이 두 손을 엇갈려 손가락뼈들을 마찰시키며 말했다.

그러자 탁보전이 의아한 표정으로 물었다.

"검을 쓰지 않겠다는 건가?"

두충의 허리에는 병기라 부를 수 없는 투박한 칼이 매달려 있었다.

주방에서 쓰는 식칼이다. 하지만 고수의 손에 익은 식칼은 명

검에 못지않은 위력을 발휘한다는 사실을 알고 있는 탁보전이었다.

더군다나 새 림주 여망이 검을 쓴다는 사실을 미리 들어 알고 있는 탁보전으로서는 두충이 적수공권으로 자신을 상대할 것처럼 행동하는 것이 이상할 수밖에 없었다.

"칼은 고기 자를 때나 쓰는 것이고……."

마치 당신은 내가 병기를 쓸 상대가 아니라는 의미로 들린다.

그러자 탁보전의 얼굴에 노기가 떠올랐다.

"좋다. 감히 두 주먹으로 날 상대할 능력이 있는지 증명해 보라. 목숨을 걸어야 할 것이다."

"무림의 싸움에서 목숨을 걸지 않는 싸움이 어디 있겠는가?"

두충이 퉁명스레 대답하면서 두 발을 짧게 벌리고 두 손을 들어 올려 가슴 앞에 세웠다.

쿠웅!

탁보전의 주먹이 허공을 가르는 순간 그의 주먹에서 매서운 권풍이 일어났다.

권풍은 주먹이 두충의 몸에 닿기도 전에 두충의 옷자락을 날렸다.

탁!

두충의 손이 기이하게 꺾이더니 탁보전의 주먹을 피해 팔뚝을 밀어냈다.

순간 탁보전이 허공에서 한 바퀴 회전하며 다른 손으로 두충의 머리를 내려찍었다.

두충이 한 손으로는 계속 탁보전의 오른 팔뚝을 밀어내며 다른 손으로 머리를 찍어오는 탁보전의 왼손목을 받아냈다.

턱!

거의 동시에 탁보전의 두 손이 두충의 손에 막혔다.

순간 탁보전이 허공으로 떠오르더니 두 발로 두충의 가슴을 번개처럼 걷어찼다.

그러자 두충이 탁보전의 두 손을 밀어내며 몸을 비틀어 바람개비처럼 회전하며 탁보전의 두 발을 옆으로 비껴냈다.

타타탁!

그럼에도 불구하고 탁보전의 두 발이 순식간에 십여 회에 걸쳐 두충의 옷자락을 건드렸다.

두충이 연신 몸을 회전하면서 탁보전의 발길질을 피해내더니, 한순간 오른손을 날카롭게 세워 검처럼 내리그었다.

팟!

한순간 두충의 손에서 검기와 같은 빛이 일어나더니 자신을 공격하는 탁보전의 발목을 잘라갔다.

"헛!"

탁보전이 날카로운 검이 자신의 발목을 잘라오는 것 같은 느낌에 놀라 헛바람 소리를 토해내며 급히 뒤로 물러났다.

그러자 두충이 그를 따라붙으면서 계속해서 날카로운 수도(手刀)를 휘둘렀다.

스스슥!

두충의 손이 허공을 벨 때마다 날카로운 파공음이 일어나며 그의 손끝을 떠난 수영들이 비도처럼 탁보전을 공격했다.

탁보전은 끊이지 않고 이어지는 두충의 공격에 제대로 반격할 기회를 얻지 못하고 계속해서 뒤로 밀렸다.

맹자치의 얼굴이 어두워졌다.

철썩같이 믿고 있던 탁보전이다. 아무리 여망이 뛰어난 고수를 데려왔다 해도 벽력권 탁보전을 상대할 고수는 없을 거라 자신했었다.

그런데 주방에서 음식이나 만들던 자에게 탁보전이 고전을 면치 못하고 있었다.

한편으로는 두충처럼 드러나지 않은 여망의 조력자가 더 있을 수도 있다는 불길한 느낌이 들었다.

"일이 이상하게 돌아가는 것 같소."

맹자치가 상중산을 보며 말했다.

그러자 상중산이 고개를 끄떡였다.

"그렇습니다. 예상치 못한 변수군요. 설마 주방에서 요리나 하던 자가 저런 고수일 줄은 생각도 못 했습니다. 저런 실력자이니 사람들 눈을 피해 여망에게 무공을 가르칠 수 있었던 것 같군요. 그런데 이해할 수가 없습니다. 저런 자가 왜 금림의 주방에서 숙수로 살고 있었을까요?"

"그걸 낸들 알겠소. 지금 급한 것은 그를 어찌 상대하느냐 아니겠소?"

맹자치가 두충에 대한 호기심을 드러내는 상중산의 태도가 못마땅한지 퉁명스럽게 말했다.

하긴 지금 두충이 금림의 주방에 머문 이유를 따질 때는 아니었다.

자신의 실수를 깨달은 상중산이 얼른 입을 열었다.

"그렇지요. 아무튼 상황이 좋지 않으니 저들이 나서야 할 듯 합니다."

상중산이 묵영단의 고수들을 보며 말했다.

"한번 말해보구려."

맹자치가 자신이 나서기보다는 상중산이 나서는 것이 낫다고 생각했는지 지시하듯 말했다.

그러자 상중산이 고개를 끄떡이고는 양무동에게 다가갔다.

"아무래도 이대로는 안 될 것 같소이다만."

풍검 양무동에게 다가간 상중산이 조심스럽게 말을 건넸다.

벽력권 탁보전은 몰라도 다른 묵영단의 사람들은 그 역시 맹자치와 마찬가지로 특별한 교분이 없었다.

그래서 양무동을 대하는 데 조심할 수밖에 없는 상중산이었다.

"알겠소. 아마도 그를 제압하면 싸움은 조기에 끝낼 수도 있을 것이오."

"그라면……?"

탁보전과 싸우는 두충을 말하는 건지 혹은 여망을 말하는 건지 알 수 없는 상중산이 되물었다.

"여망이란 자를 잡읍시다. 물론 저 요리사를 제압하는 것이 더 확실하겠으나, 그는… 고수요. 쉽게 제압될 사람이 아니오."

"풍검께서 나서셔도 말이오?"

상대의 자존심을 상하게 하는 말일 수도 있기에 상중산의 목소리가 조심스러웠다.

"그렇소. 혼자라면 나도 승부를 점칠 수 없는 고수요. 예상치 못한 변수라고 할까. 이럴 때는 그 변수를 놓아두고 확실한 쪽을 선택하는 것이 좋소. 여망이란 자가 그에게 무공을 배웠다고는 해도 그와 같은 수준의 고수는 아닐 것이오."

"그야 그렇지요."

상중산은 이들 묵영단의 고수들이 생각보다 무척 실리적인 사람들이라는 것을 깨달았다.

보통의 경우 무인들은 강한 자를 꺾는 것에 희열을 느끼기에 두충을 협공하는 쪽을 택할 것이라 생각한 상중산이었다.

그런데 묵영단의 고수 풍검 양무동은 호승심을 버리고 가장 쉽고 빠르게 금림을 장악할 수 있는 방법을 택한 것이다.

젊은 림주 여망을 제압하는 것, 그것이야말로 현재의 상황을 가장 빠르게 정리하는 일일 것이다.

"어차피 그 일을 위해 내가 온 것이니 여망이란 자는 내가 맡겠소. 상 대협은 림주를 지키시고, 너희들은 다른 자들이 날 방해하지 못하게 하라."

풍검 양무동이 뒤에 도열해 있는 묵영단의 고수들에게 명을 내렸다.

"옛!"

묵영단의 고수들이 낮고 빠르게 대답했다.

그러자 풍검 양무동이 허리춤에서 날렵한 검을 빼 들었다.

스릉!

양무동의 검집에서 잘 벼른 검이 흘러나왔다. 닿기만 해도 살이 베어질 것 같은 날카로운 검이 달빛을 받아 요기롭게 번뜩였다.

"가자!"

양무동이 낮게 명을 내렸다. 그러고는 자신이 먼저 땅을 박차고 여망을 향해 질주하기 시작했다.

양무동이 칼을 빼 드는 순간부터 여망과 그를 호위하듯 에워싸고 있던 금림의 무사들도 검을 빼 들어 적의 공격에 대비하고 있었다.

여망 역시 어느새 손에 검이 들려 있었다.

그런 그를 향해 양무동의 검이 벼락처럼 뻗어왔다.

쩌저적!

정말 벼락이 치는 것처럼 양무동의 검이 공기를 가르며 여망의 심장을 찔렀다.

"핫!"

여망이 검에 진기를 밀어 넣으며 검을 사선으로 그었다.

쩡!

여망의 검과 양무동의 검이 격돌하면서 날카로운 소성이 터져 나왔다.

"읏!"

뒤를 이어 여망의 입에 당혹한 음성이 흘러나왔다. 그의 몸은 이미 대여섯 걸음이나 뒤로 물러나 있었다.

뒤로 물러난 여망을 향해 양무동이 재차 달려들었다.

"검을 버리면 죽이지는 않는다."

양무동의 입에서 서늘한 경고가 터져 나왔다.

순간 여망이 이를 악물었다.

"죽어도 검을 버리지는 않는다!"

쩡!

다시 날카로운 소성과 함께 양무동과 여망의 검이 격돌했다.

주르륵!

어김없이 여망이 다시 뒤로 밀렸다.

그가 서 있던 바닥에 끌린 발자국이 깊이 남았다.

"상인은 시류에 따라 행보를 정하는 법, 죽음으로 검을 지키는 것은 무인이나 하는 짓이다."

양무동이 여망을 보며 다시 항복하기를 권했다.

"상인에게도 상인의 법이 있다. 상가를 지키기 위해선 목숨을 내어놓는 것이 상인의 법이다."

뒤로 밀리면서도 여망이 이를 갈며 대꾸했다.

그때 금림의 무사들이 뒤늦게 여망을 구하기 위해 사방에서 달려왔다.

그러나 그들은 곧 아홉 명의 묵영단 면사고수들에게 걸음이 막혔다.

"으악!"

"끄윽!"

묵영단의 무인들은 도검에 사정이 없었다. 그들은 여망을 구하기 위해 달려오는 금림의 무사들을 가차 없이 베어 넘겼다.

그러자 여망을 구하기 위해 나서는 금림의 무사들이 주춤거렸다.

사대성씨의 수장들도 검을 들고 묵영단 고수들을 노려볼 뿐, 함부로 움직이지 못했다.

“봐라. 널 구하기 위해 목숨을 버릴 사람이 여기에 없다. 이게 바로 상인들의 본성이다. 그러니 검을 버려.”

양무동이 다시 항복하기를 권했다.

그런데 그때, 갑자기 생경한 비명 소리가 두 사람의 오른쪽에서 터져 나왔다.

“큭!”

“컥!”

신음 같은 낮은 비명 소리, 이건 죽음조차 미리 연습되어 있는 자들의 신음 소리다. 그리고 장내에서 그런 신음 소리를 낼 자들은 오직 한 부류뿐이다.

묵영단의 고수들, 죽음에 익숙한 이 마도의 살수들만이 이런 식의 나직한 신음으로 자신의 죽음을 받아들일 수 있었다.

양무동이 본능적으로 귓가에 들려오는 신음 소리가 자신의 동료들의 것임을 알아챘다.

그의 눈이 몸보다 빠르게 신음 소리가 들린 쪽으로 이동했다.

그 순간 그의 입에서 다급성이 흘러나왔다.

“헉!”

양무동의 허리가 거의 반쯤 꺾였다.

삭!

그의 가슴 옷자락이 날카로운 검기에 잘려 나갔다. 다행히 옷 속의 몸에는 미세한 검흔만이 남았다.

그러나 양무동의 위기는 거기서 끝이 아니었다.

툭!

양무동의 발뒤꿈치에서 둔탁한 소리가 일어나자 그의 몸이 중심을 잃고 비틀거렸다.

그 순간 그의 본능이 몸을 옆으로 구르게 만들었다.

일정한 수준에 올라선 고수에게는 치욕적인 움직임, 양무동이 땅을 구르는 소리가 요란하게 일어났다.

양무동은 삼사 장 정도 땅을 구른 후에야 훌쩍 몸을 일으켜 세웠다.

그런데 그런 그의 눈앞에 펼쳐진 상황이 그를 더욱 굴욕적으로 만들었다.

자신을 땅에 구르게 만든 자가 기회를 잡고 자신을 공격하는 대신, 여망 앞에 서서 흙투성이가 되어버린 양무동을 무심히 바라보고 있었던 것이다.

"놈!"

양무동의 입에서 살기를 품은 욕설이 흘러나왔다.

"나도 같은 충고를 하겠소. 부족함을 알았으면 그만 물러가시오. 전대 림주는 이곳에 남겨두고. 그렇게 한다면 그대가 속한 곳과 금림의 관계는 오늘 이전으로, 서로를 몰랐던 시간으로 돌아갈 것이오."

양무동을 물러나게 만들고 여망을 보호한 사람은 적월이었다.

사실 양무동의 겁박에도 여망이 흔들리지 않았던 것은 적월이라는 믿는 구석이 있기 때문이었다.

그리고 적월은 그의 기대를 저버리지 않고 적당한 시기에 이 싸움에 개입했다.

사대성씨의 수장들 역시 적월을 믿고 있기는 마찬가지였다.

적월이 금림의 최고 고수였던 구여성을 제압한 것을 직접 눈으로 보았기 때문이다.

그래서 그들 역시 적어도 적월이 패할 때까지는 여전히 여망의 편에 서서 맹자치와 싸울 수 있었다.

단지 맹자치와 그를 돕는 묵영단의 고수들에게만 적월은 뜻하지 않은 변수였다.

그것도 장내의 상황을 완전히 반전시킬 수 있는 변수임을 고수 양무동은 직감하고 있었다.

"네놈은… 누구냐?"

양무동이 적월에게 반격을 가하려다 말고 걸음을 멈추며 적월의 정체를 물었다.

자신을 물러나게 한 고수이기에는 너무 젊었지만, 그렇다고 자신을 물러나게 한 사실이 변하지는 않는다.

더군다나 이런 고수가 금림에 있다는 사실은 금시초문, 정체가 궁금하지 않을 수 없었다.

"금림의 새 림주이신 여망 형님의 친구라고 해두겠소."

"네 내력을 묻는 것이다."

양무동이 신경질적으로 다시 물었다.

그러자 적월이 가볍게 웃으며 말했다.

"하하, 난 내 얼굴 정도는 드러내고 있지만, 당신들은 얼굴조차도 가리고 있으면서 내 내력을 알고 싶은 거요? 그런 당신은 누구요? 어느 문파의 사람이오?"

적월이 되묻자 양무동의 입이 한순간 막혔다.

생각해 보면 지금 적월의 정체를 묻고 있을 상황은 아니었다.

대답을 하지 못하는 양무동에게 적월이 다시 말했다.

"다시 한번 기회를 주겠소. 지금 물러간다면 서로 은원을 따지지 않는 것으로 하겠소."

"네가 마치 금림의 주인이라도 되는 것처럼 말하는군."

양무동이 말했다. 그는 어쩌면 적월이 여망을 뒤에서 조종하는 사람일지도 모른다고 생각하고 있는 것 같았다.

"주인은 아니어도 이 정도 말은 할 수 있는 사람이오. 누가 지금 당신들 같은 사람과 피 흘리며 싸우고 싶겠소."

적월이 퉁명스럽게 대꾸했다.

"흐음… 그래도 물러가지 않겠다면?"

양무동이 되물었다.

"그럼 아마… 모두 죽게 될 거요. 당신들 모두."

적월이 단호하게 말했다.

이런 오만함이라면 양무동은 당연히 화를 내야 한다. 그러나 양무동은 화를 내는 대신 깊은 눈으로 적월을 응시했다.

그의 눈에서 적월의 머릿속까지 꿰뚫어볼 것 같은 안광이 번쩍였다. 그는 적월의 말이 결코 협박이나 오만이 아니라고 느끼고 있는 듯했다.

그렇게 한동안 적월을 바라보던 양무동이 한순간 한숨을 내쉬었다.

"하아… 쉽지 않군. 허황된 오만은 아닌 것 같고. 그렇다고 젊은 고수 한 명의 말에 물러나기도 그렇고. 일단 시험은 해봐야겠군. 삼호는 그를 상대하라!"

양무동이 짧게 명을 내렸다.

그러자 그의 뒤에 서 있던 묵영단의 면사인들이 망설이지 않고 적월을 향해 돌진했다.

세 명이 이루는 검진, 적월이 움직일 방위를 모두 차단한 검진이 세 사람의 진기로 인해 상승기류를 만들어내자 장원 마당의 낙엽들이 위로 날아올랐다.

적월이 서너 걸음 앞으로 더 나아갔다.

적의 공격을 피하지 않고 정면으로 맞서겠다는 의미, 그런 적월을 삼인의 면사인이 일시에 공격했다.

차차창!

적월을 가운데 두고 세 면사인의 공격이 가해지자 검진 안에서 어지러운 충돌음이 일어났다.

세 자루의 검에 갇힌 적월이 검진 안에서 부드럽게 검을 휘둘렀고, 삼인의 검은 그런 적월의 검에 막혀 적월의 옷자락도 건드리지 못했다.

기이한 일이었다.

세 명의 합공은 무척 날카로웠는데도 불구하고 느리게 움직이는 적월의 검에 모두 걸렸다.

그것도 정면으로 충돌하는 것이 아니라 적월의 검에 비껴 나가 검로가 틀어지는 형태로 헛손질을 할 뿐이었다.

그런 상황이 대략 일각 정도 이어졌다.

그러다 한순간 적월의 검이 벼락처럼 빠르게 움직였다.

팟!

“악!”

갑자기 속도를 낸 적월의 검을 면사인 중 한 명이 피해내지 못하고 찔려 고꾸라졌다.

그렇게 자신을 공격하는 세 사람 중 한 명을 쓰러뜨린 적월의 검이 다시 느려졌다.

그러고는 마치 아무 일도 없었다는 듯 처음과 마찬가지로 부드럽게 자신을 공격하는 두 면사인의 검을 받아내기 시작했다.

그렇게 다시 십여 합이 지났을까. 갑자기 적월의 검이 또 한 번 속도를 냈다.

파팟!

“큭!”

“헉!”

이번에는 좌우로 두 개의 빛줄기가 만들어졌고, 거짓말처럼 그를 공격하던 두 면사인이 나직한 신음 소리와 함께 베어진 짚단처럼 땅에 허물어졌다.

그 순간 갑자기 장내에 고요가 찾아왔다.

두충과 탁보전의 싸움도 어느새 끝나 있었다. 금림의 대숙수 두충이 권술의 대가 탁보전의 마혈을 제압해, 탁보전은 석상처럼 두충 앞에 무릎을 꿇고 있었다.

이제 금림을 둔 싸움은 다시 한번 중대한 변화의 시간에 도달해 있었다.

"어떻소?"

적월이 양무동에게 물었다.

양무동의 얼굴은 차갑게 굳어 있었다. 분노보다는 당황스러운 빛이다.

묵영단은 그동안 제법 많은 수의 무가와 상가를 은밀하게 복속시켰다.

그중에는 꽤 큰 규모의 무가들도 포함되어 있었다.

그런 무가들조차도 묵영단의 고수들에게 무릎을 꿇지 않은 곳이 없었다.

그런데 오늘 생각지도 않게 무가도 아닌 상가(商家)에서 묵영단의 행보가 좌절됐다. 그것도 다른 무엇도 아닌 무력으로.

양무동은 이 상황을 쉽게 받아들일 수 없었다. 그 자신이 누구보다 묵영단 고수들의 힘을 잘 알고 있었다.

그런데 일개 상가에서, 그것도 한쪽은 주방에서 요리를 하는 숙수, 다른 한쪽은 새파랗게 젊은 청년, 이 두 사람에게 가로막혀 묵영단의 행보가 좌절된 것이다.

그러나 현실은 현실이다. 양무동은 둘 중 하나를 선택해야 한다.

모든 힘을 기울여 두 사람과 승부를 내든지, 아니면 눈앞의 청년 고수 말대로 뒤로 물러나든지.

"후우… 쉽지 않군."

양무동이 자신의 고민을 감추지 않고 한숨을 토해냈다. 정말 결정이 쉽지 않은 듯 보였다.

양무동의 기분으로는 지금이라도 이 두 사람을 제압할 수 있을 것 같았다.

그러나 그의 눈이 보고, 그의 심장이 느끼고 있었다. 이 둘은 절대의 반열에 두어도 좋은 고수들이라고.

죽은 자는 죽은 자고 다시 싸우다가 묵영단의 고수 중 몇이 사로잡히기라도 하면 지난 몇 개월간 은밀히 진행해 온 묵영단의 일들이 세상에 드러날 수도 있었다.

그런 위험성을 고려하면 역시 물러나는 것이 옳은 결정이다. 아마 묵영단의 단주도 자신의 결정을 탓하지 않을 것이란 게 그의 생각이었다.

아직 묵영단은 어둠 속에 있어야 하는 존재이므로.

"좋다. 제안을 받아들이지."

"이보시오?"

양무동의 대답에 당황한 것은 금림의 전대 문주 맹자치다.

그의 곁에 서 있던 상중산 역시 당황한 것은 마찬가지지만, 그래도 맹자치의 놀람에 비할 바가 아니었다.

"림주께는 미안하게 됐소. 하지만 우리도 다섯이나 사람을 잃었으니 할 만큼은 한 것이오. 충고하건대… 부디 새 림주의 말에 따르시오. 그를 돕는 사람들이 예사 사람들이 아니구려."

양무동이 고개를 돌려 대숙수 두충과 적월을 번갈아 보며 말했다.

"하지만 이건 약속이 틀리지 않소. 당신들 묵… 악!"

한순간 양무동에게 따지고 들던 맹자치가 가슴을 움켜쥐며 비명을 질렀다.

그의 가슴에 언제 박혔는지 양무동의 시퍼런 검이 박혀 있었다.

"다… 당신……?"

맹자치는 자신에게 일어난 일을 믿을 수 없다는 듯 양무동을 바라봤다.

그러자 양무동이 서늘하게 말했다.

"입을 함부로 놀리려던 대가요. 생각해 보니 당신은 우리에 대해 너무 많은 것을 알고 있는 것 같구려. 이대로 다른 사람의 수중에 당신이 들어가면 필시 우리에 대해 말할 것인데. 우린 아직 세상에 우리의 존재를 알리고 싶지 않소. 가장 좋은 방책은 영원히 입을 닫게 하는 것. 미안하오."

별로 미안하지 않은 표정으로 양무동이 맹자치에게 말했다.

맹자치는 그런 양무동을 원한 가득한 눈으로 노려보다가 이내 그 자리에 고꾸라져 죽음을 맞았다.

금림의 사람들이 치를 떨었다. 예상은 했지만 독해도 너무 독한 손속이다.

설마하니 자신들과 거래한 맹자치를 한순간에 죽일 거라고는 누구도 생각지 못했다.

가장 놀란 것은 맹자치에게 그들을 연결해 준 고수 상중산, 그는 맹자치가 죽는 순간 이미 십여 보나 뒤로 물러나 있었다.

그러고도 손에는 검이 들려 있어 언제든 양무동의 독수를 상대할 준비를 하고 있었다.

그런데 그때, 또다시 예상치 못한 신음 소리가 터져 나왔다.

"욱!"

맹자치의 갑작스러운 죽음에 놀란 사람들이 또다시 터져 나온 비명의 주인을 찾아 고개를 돌렸다.

그러자 피를 토하며 쓰러지는 벽력권 탁보전이 보였다.

탁보전 뒤에는 그의 마혈을 가격해 목숨을 거둔 대숙수 두충이 무심한 표정으로 쓰러진 탁보전을 내려다보고 있었다.

"무슨 짓이냐?"

양무동이 분노한 목소리로 소리쳤다.

탁보전은 묵영단의 사람, 이미 묵영단을 이끄는 양무동과 적월 사이에 거래가 이뤄진 상황에서 묵영단의 고수인 벽력권 탁보전을 죽이는 것은 거래를 깨겠다는 의미나 다름없었다.

양무동의 분노에 대숙수 두충이 느릿하게 입을 열었다.

"당신이 그를 죽였으니, 우리도 한 사람쯤 죽여야지 않겠나?"

두충이 양무동에게 죽임을 당한 맹자치를 가리키며 말했다.

자신이 탁보전을 죽인 것은 양무동이 맹자치를 죽인 것에 대한 대가라는 의미다.

"이자는 너희들의 적이 아니었느냐?"

양무동이 따져 물었다.

"적이기는 해도 금림의 사람, 더군다나 전대 림주다. 그에게 벌을 내려도 금림의 이름으로 내려야 한다. 하물며 새 림주께선 전대 림주를 죽일 생각이 없으셨다. 그런데 그대들이 함부로 금림의 사람을 죽였으니 당연히 그 대가를 치러야지 않겠는가?"

두충이 요리사로서는 어울리지 않는 무거운 기운을 뿜어내며 말했다.

그런 그의 기세는 탁보전을 제압할 때와는 또 다른 면모를 보여주고 있었다.

그 특별한 기운에 놀란 것일까. 양무동이 고개를 저으며 말했다.

"이 금림이란 곳은 참으로 알 수가 없는 곳이구나. 상가로의 명성은 익히 알고 있었지만, 이렇게 숨은 고수가 많을 줄이야. 세상이 금림을 몰랐던 것인가, 아니면 새로운 림주가 좋은 사람을 얻은 것인가!"

대답을 듣고자 한 말은 아니었다.

당연히 여망도 양무동의 말에 대답하지 않았다.

"동료들을 거둬 그만 떠나라."

두충이 축객령을 내렸다.

그러자 양무동이 차가운 얼굴로 명을 내렸다.

"죽은 자들을 수습하라."

양무동의 명에 살아남은 묵영단의 고수들이 급히 움직여 죽은 동료들의 시신을 수습했다.

그중에는 방금 전 두충에게 죽임을 당한 탁보전도 포함되어 있었다.

그렇게 시신들이 수습되자 양무동이 여망을 보며 물었다.

"저 사람은 우리와 함께 가도 되겠는가?"

양무동이 지목한 사람은 상중산, 상중산은 금림과 묵영단 사이에서 이러지도 저러지도 못하는 상태로 검을 든 채 서 있었다.

양무동으로서는 맹자치보다도 자신들에 대해 더 많은 것을 알고 있는 상중산을 남겨두고 가기가 불안한 모양이었다.

양무동의 물음에 여망이 상중산에게 물었다.

"상 대협께서는 오늘로 금림과 인연을 끊을 수 있겠소? 좋은 인연이든 나쁜 인연이든 말이오?"

인연을 끊겠다면 보내주겠다는 의미다.

여망의 말에 상중산이 대답을 하는 대신 양무동을 바라봤다.

그러자 양무동이 조금 누그러진 말투로 말했다.

"그대가 살길은 오직 우리와 함께하는 것이오."

묵영단에 들어와야 그의 목숨을 살려주겠다는 뜻이다. 그래야 묵영단의 비밀이 지켜질 수 있기 때문이다.

"후우… 사람의 인생이 정말 하루 앞을 내다볼 수 없구나. 이제 와서 내가 어쩌겠소. 살려면 별수 있나."

상중산이 결국 양무동의 제안을 승낙했다.

그러자 양무동이 반가운 표정으로 말했다.

"잘 생각하셨소. 한 사람의 고수를 잃었지만, 다른 한 사람의 고수를 얻었으니 그나마 다행이오. 그럼 우린 이만 물러가겠소."

양무동이 여망과 두충, 그리고 적월을 동시에 바라보며 말했다.

"부디 오늘의 약속을 잊지 않길 바라겠소."

적월이 경고하듯 말했다.

"물론… 결정은 내가 하는 것이 아니지만, 앞으로 금림의 일에 관여할 일은 없을 거요."

양무동이 굳은 표정으로 말했다.

"그럼 잘 가시오. 배웅은 않겠소."

적월의 떠날 것을 요구하자 양무동이 다시 한번 금림의 사람들을 주욱 둘러보고는 훌쩍 몸을 날려 장내를 벗어나기 시작했다.

그 뒤를 따라 묵영단의 고수들이 동료들의 시신을 메고 양무동의 뒤를 따랐다.

가장 늦게까지 남아 있던 상중산이 떠나려다 말고 고개를 돌려 금림의 사람들을 보며 말했다.

"구 노사는 무사하오?"

"무사하오."

여망이 대답했다.

"다행이구려. 대신 안부 전해주시오."

그 말을 남기고 상중산 역시 장내를 벗어났다.

제10장
새로운 터전

무림이 흉흉했다.

금림에서 일어난 일 정도는 세상의 관심도 끌지 못할 정도였다.

어디서부터 흘러나왔는지 알 수 없는 소문이 무림을 긴장시키고 있었다.

마도무림의 재림, 십육마문의 질긴 그림자가 다시금 무림에 드리워지고 있다는 소문이 강호에 퍼지고 있었다.

세월이 아무리 흘러도 피의 기억은 금세 되살아나는 법이어서, 일단 십육마문이 거론되기 시작한 순간, 사람들은 이십 년도 훨씬 지난 칠마의 난을 고스란히 기억해 냈다.

칠마의 난을 몸으로 경험한 중년 이상의 무인들은 치 떨리는 피의 기억으로, 그 이후에 무림에 진입한 젊은 고수들은 전설처럼 듣고 자란 칠마의 공포를 떠올리고 있었다.

무림의 문파들은 급히 외유 중인 자파의 고수들을 불러들였고 문도들의 강호행을 최소화했다.

언제라도 십육마문의 후예들이 자신들을 공격할 수 있다는 두려움이 온 무림을 휘감고 있었다.

그 와중에 송가장이 몰락했고, 몰락의 배후가 알려지지 않아 무림을 더욱 두려움에 떨게 했다.

그래서 결국 사람들은 한 곳을 바라봤다.

무림맹이다.

칠마와 십육마문의 난으로 인해 탄생한 무림맹, 또한 그로 인해 무림천하의 주인으로 이십 년 넘게 군림해 온 무림맹이다.

그러니 다시 천하가 마도의 출현으로 위기에 빠진다면 결국 무림맹이 그 짐을 감당해야 하는 운명이었다.

당연하게 무림맹의 대회합이 소집된다는 소식이 강호에 전해지고, 구패를 위시해 무림맹에 발이라도 걸친 문파들은 속속 자파의 고수들을 무림맹이 있는 호북성의 작은 산, 무굴산으로 파견하기 시작했다.

그리고 그즈음 십이천문도 큰 변화를 겪고 있었다.

"아까워, 아까워……."

자왕 사송이 달빛 아래서 고즈넉한 풍경을 만들고 있는 장원을 보며 연신 고개를 저었다.

개봉의 십이천문 장원, 과거 북두산문의 임시 거처였고, 북두산문주 백완의 배려로 십이천문이 머물게 된 장원을 이제 버리려는 그들이었다.

크고 화려하지는 않지만, 그래도 십이천문이 만들어지고 자리 잡은 곳이라 장원에 대한 사송의 아쉬움은 충분히 이해할 만했다.

"장원에 발이 달린 것도 아닌데 뭐가 아까워요. 남을 주는 것도 아니고. 나중에 다시 돌아오면 되죠."

유왕 서리가 지나치게 감상적인 사송을 타박하듯 말했다.

불사 나왕과 자왕 사송이 개봉으로 돌아왔을 때, 다행히도 장원에 남았던 십이천문의 사람들은 아무 탈 없이 무사했다.

나왕 등은 혹시라도 학사검 종선의 배후에 있다는 절대삼천이 유왕 등 개봉에 남아 있던 십이천문 문도들을 공격하지 않을까 적지 않게 걱정했었다.

그래서 무리하게 귀향길을 서두르기도 한 그들이었다. 그런데 돌아와 보니 다행이도 장원에 남아 있던 세 명은 모두 무사했다.

하지만 절대삼천의 위협이 사라진 것은 아니어서 결국 세상에 노출되어 있는 십이천문의 개봉 장원을 떠나기로 결심한 그들이었다.

그 결정을 두고 사송이 며칠째 영영 장원으로 돌아오지 못할 사람처럼 아쉬워하고 있었던 것이다.

"오늘은 좀 특별하잖아. 마지막이니까."

사송이 자신의 마음을 알아주지 않는 유왕 서리가 서운한지 술을 한 모금 마시며 대꾸했다.

"글쎄, 다시 돌아오면 되잖아요."

유왕 서리가 귀찮다는 듯 말했다.

"그래도 당장은 떠나는 거니까……."

보통 때는 유왕 서리가 타박하면 금세 풀이 죽던 사송이지만 오늘은 자신의 고집을 꺾지 않았다.

"아이고, 나이가 들수록 어린애가 되어가시니……."

여전히 우울해하는 사송을 보며 서리가 혀를 찼다.

"아쉬운 건 아니지만, 결정을 했으니 미련을 두지 맙시다. 유왕의 말처럼 언젠가는 돌아올 날이 있을 것이오."

나왕이 담담한 표정으로 사송에게 말했다.

"뭐, 모르는 것은 아니지만, 기분이 울적하기는 하오. 그런데 정말 무서운 자들인 것 같소."

갑자기 사송의 표정이 어두워졌다.

"절대삼천이란 자들 말이오?"

"그렇소이다. 그렇게 대담하게 송가장을 몰락시키다니. 그래도 명색이 구패인데……."

사송이 고개를 저으며 말했다.

돌아오는 길에 송가장의 몰락 소식을 듣고 절대삼천과 신화밀교의 사신들이 개입했을 수 있다고 생각했던 그들이었다.

그런데 개봉으로 돌아와 보니 그 사실이 더 명확해졌다.

유왕 서리와 사왕 조비는 개봉에 남아 있으면서 은밀히 신화밀교의 흔적을 찾고 있었다.

그런데 신화밀교의 흔적이 가장 마지막으로 확인된 것이 송가장 인근이었던 것이다.

당연히 송가장이 몰락한 그날을 전후한 움직임이었다.

한때 신화밀교의 사신이었던 조비가 확인한 것이므로 틀릴 수 없는 사실이었다.

그러니 당연히 송가장의 몰락에는 신화밀교가 개입해 있는 것이고, 신화밀교를 움직이는 자는 학사검 종선의 배후에 있는 자이니, 절대삼천이 한 일이 분명했다.

"송가장으로서는 갑작스러운 공격을 이겨낼 대비가 되어 있지 않았던 것이오. 구패는 이십 년을 강호에 군림했소. 그동안 누구도 감히 그들에게 도전하는 자들이 없었지. 그러니 가진 힘에 비해 방비는 허술해졌고, 그런 식의 도발에 대응하지 못한 것이오. 하지만… 송가장이 일을 당했으니 이제부터 다른 구패들은 조금 다른 모습을 보일 거요."

"하긴 들리는 소문에 의하면 구패의 고수들이 속속 자파로 귀환하고 있다고 하더이다. 구패 각 파의 고수들이 모여 있으면 아무리 절대삼천이라 해도 함부로 구패를 공격할 수는 없을 것이오."

사송이 고개를 끄떡이며 말했다.

"아무튼 우리에겐 그리 나쁜 상황은 아니오. 무림맹이 움직이기 시작했으니 절대삼천이란 자들도 우릴 찾아 제거하려는 시도를 함부로 하지 못할 것이오. 내가 한 경고도 한몫할 것이고……."

나왕은 학사검 종선을 통해 절대삼천에게 경고했다.

십이천문이 어떤 형태로든 공격받으면 절대삼천에 대한 소문이 강호에 퍼질 것이라고.

절대삼천은 어둠 속에서 무림을 움직이는 데 희열을 느끼는 자들이므로 자신들의 정체가 세상에 드러나는 것을 극히 꺼린다.

그러니 나왕의 경고는 어느 정도 힘을 발휘할 수 있을 터였다. 물론 영원할 수는 없겠지만.

“그러나 그런 경고가 우리의 안전을 보장할 수는 없지요.”

나이 어린 오초아가 어색하지 않게 두 사람의 대화에 끼어들었다.

“그래서 장원을 떠나려는 거잖아요.”

오초아가 들어왔음에도 여전히 십이천문에서 가장 나이가 어린 공예가 대꾸했다.

공예는 오초아를 그리 탐탁하게 생각하는 것 같지 않았다.

그런 서먹함 때문인지 오초아는 공예의 말에 별반 대꾸를 하지 않았다.

“이제 그만 떠나죠.”

유왕 서리가 나왕과 사송을 보며 말했다.

“그럽시다.”

나왕이 동의했다.

그러자 사송이 손에 들고 있던 술병을 바닥에 내려놓으며 중얼거렸다.

“남은 술이 아깝기는 하지만 사람은 언제나 미련이 남을 때 떠나야 하는 법이지. 갑시다!”

사송이 훌쩍 자리에서 일어났다.

그러고는 자신이 먼저 장원이 한눈에 들어오는 정자에서 날아내려 어둠 속으로 걸어 들어갔다.

*　　　*　　　*

적월이 금림을 떠나기로 한 것은 맹자치가 묵영단의 마인들을 데리고 왔다가 오히려 그들에게 비명횡사한 날로부터 열흘이 지난 후였다.

그사이 금림은 좀 더 안정을 찾았다.

물론 맹자치의 죽음은 여망의 반란과는 또 다른 충격을 금림에 주었지만, 어쨌든 그의 죽음이 금림을 좀 더 안정시키는 데는 도움이 됐다.

이제 더 이상 여망을 위협할 사람이 없기 때문이었다.

맹소소가 반쯤 미쳐 있는 것을 제외하면 금림에서 더 이상 맹자치의 흔적을 찾기 어려웠다.

맹씨 일족조차도 자신들의 목숨이 붙어 있다는 것을 다행으로 생각할 뿐 감히 여망에게 반발할 엄두를 내지 못했다.

묵영단 역시 다시 돌아오지 않았다.

사실 적월이 열흘이나 금림에 더 머문 것은 묵영단의 존재 때문이었다.

그날 묵영단의 마인들이 일부 죽었지만, 양쪽은 서로에게 은원을 갖지 않기로 약속했다.

적월은 그 약속이 지켜지는지 보기 위해 열흘 동안 금림에 머물렀다.

그리고 묵영단은 일단 약속을 지켰다.

그들은 금림으로 다시 돌아오지 않았고, 그제야 적월은 금림을 떠날 결심을 한 것이다.

물론 묵영단 말고도 여망을 위협하는 세력이나 인물이 나타날 수도 있었다.

금림은 거대한 재산을 가진 상가라 그 재물에 눈독을 들이는 자가 있을 수도 있었다.

그러나 그런 자들을 상대하는 데는 적월까지 필요치 않았다.

대숙수로 살아온 두충, 그 스스로 적월에게 털어놓은 말에 의하면 예전 별호는 귀수, 본명은 두황이라는 은거고수가 여망 곁에 있는 한 웬만한 세력이나 인물이 금림을 침범하긴 어려웠다.

더군다나 여망은 무림의 분위기가 심상치 않음을 누구보다 잘 알고 있었기에 거금을 들여 강호의 고수들을 초빙할 계획도 하고 있었다.

그러니 더 이상 적월이 여망을 걱정할 필요는 없었다.

그리고 또 한 가지 중요한 이유가 적월로 하여금 금림을 서둘러 떠나게 만들었다.

"천화산 비룡벽이라는 곳이네."

다음 날 일찍 금림을 떠나기로 결정한 적월을 은밀히 찾아온 여망이 한 장의 양피지를 꺼내 적월 앞에 펼쳐 보이며 말했다.

"천화산 비룡벽이요."

적월이 되물었다.

금림의 사람들에게는 알리지 않았지만 이제 여망은 자신이 금림의 림주라는 사실보다 십이천문의 일원이라는 사실을 더 중요하게 생각하고 있었다.

금림의 사람들은 각자의 이득을 위해 모인 사람들이지만 십이천문은 이득이 아니라 의리로 뭉친 문파라고 생각하기 때문이었다.

자신의 목숨을 구해줬고, 금림을 되찾게 해주었으면서도 십이천문의 문도가 되는 것 이상의 무리한 요구를 하지 않는 사람들. 그런 십이천문의 사람들에게 여망은 그간 자신이 갖지 못했던 혈육의 정 같은 것을 느끼는 듯 보였다.

그래서 십이천문이 필요로 한다면 금림의 모든 것을 내놓을 수도 있다고 생각한 그가 십이천문을 위해 첫 번째로 한 일은, 개봉의 장원을 떠난 십이천문의 문도들에게 새로운 거처를 만들어주는 것이었다.

전서구를 통해 불사 나왕과 소식을 주고받은 적월이 십이천문에 새로운 거처가 필요하다는 말을 했기 때문이었다.

그래서 여망이 추천한 새로운 십이천문의 거처가 천화산 비룡벽이라는 곳이었다.

"음, 이곳이 적당할 것 같네. 황하의 지류인 모화강 중류에 위치해 있어서 격류를 타면 배를 이용해 빠르게 이동할 수도 있고, 천화산 주변으로 크지는 않지만 오일장이 설 정도가 되는 마을들이 여럿 있어서 강호의 소식을 접하기도 쉽네. 반면 천화산 비룡벽은 비록 높지는 않지만 산세가 험해서 주변 마을 사람들도 발걸음을 하지 않은 곳이지. 십이천문은 문도의 수가 많지 않으니 충분히 사람들의 시선을 피해 머물 수 있을 걸세."

"당장 기거할 만한 곳은 있나요?"

"예전에 금림의 창고가 있었네. 사실은 죽은 전대 림주와 나만 알고 있는 창고였네. 한때 림주는 그곳에 다른 성씨의 수장들 몰래 막대한 재물들을 모아두었었지. 혹시 금림 내 분쟁이 벌어졌을 때를 대비한 것이었는데, 맹씨 일족이 어렵지 않게 금림을 장악하면서 필요 없게 되었어. 이후에는 자연스럽게 폐쇄됐네. 글쎄… 손을 본 지 오래되었으니 세 책의 건물이 무너졌을까? 하지만 조금만 손보면 충분히 사람이 살 수 있을 걸세."

여망의 설명에 적월이 고개를 끄떡여 대답을 대신했다.

그러자 여망이 계속 말을 이었다.

"일단 천화산만 벗어나면 길도 사통팔달, 어디로든 가기 편한 곳이네. 급하면 모화강을 이용하면 되고. 들어가는 것은 몰라도 떠날 때는 급류를 타면 되니까."

"알았어요, 형님. 그곳으로 정해요."

적월이 대답했다.

여망은 이제 적월에게 온전히 십이천문의 사람으로 받아들여지고 있었다. 그래서 적월과 호형호제하는 것이 자연스러웠다.

"사부께는 아직 말씀드리지 않았는데……."

여망이 조금 불편한 표정으로 말했다.

자신의 사부인 대숙수 두충에게 자신이 십이천문의 사람이 되었다는 사실을 아직 말하지 않은 여망이었다.

적월이 십이천문의 사람임은 두충도 알고 있었으나 여망까지 십이천문의 문도가 된 것은 모르고 있었다.

두충에게조차 그 사실을 비밀로 한 것은 애초에 여망이 십이천문에 입문할 때, 그 사실을 철저하게 외부에 노출하지 않기로 했기 때문이었다.

절대삼천의 눈이 항상 십이천문을 주시하고 있는 지금, 그들이 모르는 비밀 몇 개쯤은 필요했다.

“어르신께는 미안하지만 그래도 당분간은 비밀로 하는 것이 좋을 것 같아요.”

“음… 그렇겠지?”

“어르신을 못 믿어서 하는 말은 아니에요.”

“나도 그게 옳다는 것은 알고 있어. 나중에 말씀드리면 사부님도 이해하시겠지. 아무튼… 그들의 눈을 피할 수 있기를 바랄 뿐이다.”

여망이 미련을 떨쳐 버리려는 듯 시원하게 말했다.

“한 가지 부탁이 더 있어요.”

“응? 말해봐.”

“지금 마도의 무리들이 계속 나타나고 있어요.”

“그러게. 세상이 혼란스럽더구나. 금림의 상행도 위협받을 만큼…….”

“마도의 무리들이 나타나고 있는 것은 결국 십육마문의 후예들이 일을 시작했다는 뜻이에요.”

“그렇겠지.”

여망이 고개를 끄떡였다.

“그들이 중구난방으로 천하에서 일을 벌이는 것 같지만, 결국 그들의 움직임은 절대삼천 중 한 명인 마천이란 자에 의해서 통제될 거예요.”

“그 말도 맞다.”

여망이 다시 동의했다.

“그러니 결국 어지럽게 일어나는 마도의 발호도 잘 살펴보면 일정한 흐름이 있을 거예요. 그 흐름의 종점에는 그자가 있겠지요."

적월의 말에 여망의 눈빛이 반짝인다.

"그러니까 그 흐름을 찾아보라는 것이구나?"

"예. 본래 많은 사람이 움직이면 물자도 움직일 수밖에 없잖아요. 상계의 흐름을 살펴보면……."

"알겠다. 그자를 찾을 수는 없어도 그들이 중심이 어디인지는 알아낼 수도 있겠지. 물론 운이 좋아야겠지만."

여망의 말에 이번에는 적월이 고개를 끄떡였다.

그러자 여망이 다시 물었다.

"절대삼천의 다른 자들은?"

"물론 나중에야 세 사람 모두 그 실체를 확인해야겠지요. 하지만 급한 것은 마천이 누군지 찾아내는 거예요."

"음… 역시 혈월야 때문에?"

"과거의 일도 그렇지만 만약 그자가 십이천문의 존재를 불편하게 생각하면 가장 먼저 우릴 공격할 사람이니까요. 과거처럼……."

"그렇긴 하구나. 일단 알겠다. 찾아보자."

여망이 대답했다.

"연락은 약속한 방법으로만 하고요. 절대 형님이 드러나시면 안 돼요. 설혹 우리가 공격을 받는다고 해도요."

적월이 당부했다.

"하지만 그건……."

"아니에요. 형님은 십이천문의 식구지만 금림의 수장이잖아요. 형님을 보고 사는 사람이 몇인데… 절대 형님이 십이천문과 관계 있다는 것을 그들이 알면 안 돼요. 아셨죠?"

"알겠어, 아우. 그렇게 할게. 하지만 필요한 것이 있으면 뭐든 말해. 금림은 생각보다 많은 것을 할 수 있어."

"알겠어요. 그렇게 할게요."

적월이 미소를 지으며 대답했다.

그날 밤 적월과 여망은 늦은 시간까지 이야기를 나눴다.

그리고 새벽이 밝아올 즈음 적월은 가벼운 짐을 챙긴 후 말을 타고 금림을 빠져나갔다.

* * *

흐린 하늘을 물수리 한 마리가 구름보다 낮게 날았다. 그러다가 강과 하늘 사이에 수직으로 세워진 절벽을 따라 그대로 내리꽂혔다.

퍼뜩!

절벽을 따라 강으로 내리꽂힌 물수리가 발을 물속에 담근 채 두어 번 날갯짓을 했다.

그러자 무거운 몸이 둥실 떠오르더니 날카로운 발톱에 꽂힌 커다란 물고기를 들고 유유히 하늘로 날아올랐다.

물수리가 향한 곳은 절벽 중간에 위치한 자신의 둥지. 물수리가 다가가자 암컷이 나와 물고기를 받았다.

물고기를 암컷에게 넘긴 수컷 물수리가 다시 하늘로 날아올라 사냥할 준비를 하기 시작했다.

"정말 멋져요."

입을 연 사람은 공예였다.

일행은 절벽 사이로 누군가 감춰놓은 듯 이어진 길로 들어서려다 말고 물수리가 물고기를 사냥하는 장면을 구경하고 있었다.

"정말 강하고 날렵해."

오초아가 공예의 말에 맞장구를 쳤다.

처음 만났을 때의 서먹함은 제법 무뎌져서 요즘은 제법 많은 이야기를 나누고 있는 두 사람이었다.

그러나 그럼에도 불구하고 두 사람 사이엔 얇은 벽 같은 것이 존재했다. 특히 공예는 가끔씩 오초아에게 필요 이상으로 신경질적인 반응을 보였다.

그리고 다른 사람은 몰라도 오초아와 유왕 서리는 그 이유를 알고 있었다.

문제는 적월의 존재였다.

십이천문이 만들어지던 때부터 함께 생활했던 적월에 대해 공예가 갖고 있는 감정은 의남매 이상이었다.

그리고 막연하게나마 언젠가는 자신이 적월의 짝이 되지 않을까 하는 운명 같은 것을 느끼고 있는 공예였다.

그런데 갑작스럽게 오초아가 등장하자 어쩌면 적월이 다른 사람의 남자가 될 수도 있다는 현실을 깨달았다.

십이천문 내의 남자 고수들은 모르지만, 유왕 서리와 공예는 오초아가 남장을 하지 않았을 때 얼마나 아름다운지 이미 확인한 상태였다.

두 사람 모두 사람의 외모에 대해 그리 큰 가치를 두지 않았지만 그럼에도 오초아의 미모는 두 사람을 한동안 그녀에게서 눈 떼지 못하게 만들었을 정도였다.

아마도 그즈음부터 오초아에 대한 공예의 본능적인 질투심이 생겨났던 것 같았다.

하지만 그런 감정들은 가끔 염치없이 고개를 내미는 정도였고, 평소에는 같은 나이 또래의 한 식구로서 이런저런 이야기를 친밀하게 나눌 수 있을 만큼 친분이 쌓여가고 있었다.

"천산에도 있죠?"

공예가 물었다.

"물론 있지. 산매도 있고 독수리도 있고… 하지만 저 물수리의 움직임은 정말 아름다워."

오초아가 다시 한번 절벽을 따라 내리꽂히는 물수리를 보며 말했다.

"나도 언젠가는 천산에 가봐야지."

공예가 지난번 천산행에서 자신이 빠진 것이 못내 아쉽다는 듯 말했다.

"하하, 그때가 되면 내가 안내해 줄게."

오초아가 호탕하게 웃었다.

"언니는 그렇게 웃을 때 보면 정말 남자 같아요."

"하하, 그래? 계속 이렇게 살아왔으니까 뭐……."

오초아가 겸연쩍은 표정을 지으며 실없이 웃었다.

그런 두 사람을 보고 있던 나왕이 문득 사송에게 물었다.

"어떻소이까? 자왕께서 보시기엔……."

"좋은 곳인 것 같소이다. 개봉의 장원처럼 대처와 가깝지 않아 사람의 왕래도 없고, 길이 험하니 외부의 침입자를 방비하기도 좋소. 무엇보다 누가 이런 곳에 사람이 살고 있을 거라고 생각하겠소이까."

"그렇긴 한데 자칫 사방이 포위되면 고립될 위험도 있는 것 같구려."

강변에 연해 있는 천화산이다.

강을 따라 낮은 구릉과 역시 높지 않은 산, 그리고 평지가 이어져 있어서 근방에서는 천화산만이 마치 들판의 성처럼 홀로 우뚝 솟아 있는 느낌이 들었다.

이런 곳이 포위되면 탈출구를 찾기 어려운데 나왕은 그걸 걱정하고 있었다.

그러자 자왕 사송이 고개를 저으며 말했다.

"물론 포위되면 탈출이 쉽지 않은 지형이긴 하오. 그러나 이 산은 보기보다 커서 포위를 하려면 족히 일만의 병력이 필요할 것이오. 무림에서 일만의 고수를 동원할 세력이 있겠소? 그, 절대삼천이라 해도 말이오."

"그렇긴 하구려."

나왕이 사송의 말에 동의했다.

"그리고 거처에 도착하자마자 내가 비도를 만들겠소. 땅을 파는 게 내 재주니까 비도 강변으로 이어지게 하겠소. 보시다시피 비룡벽 하단의 강 물살은 너무 거칠어서 외부에서 배를 타고 접근하는 것이 극히 어렵소. 하지만 그곳에 배를 준비해 두면 배를 타고 격류를 따라 탈출하기는 안성맞춤, 나가는 것은 쉽고 들어오는 것은 어려운 곳이니 좋은 탈출로가 될 것이오."

"듣고 보니 생각보다 좋은 곳이구려."

사송의 치밀한 계획에 나왕이 그제야 걱정을 던 표정이 되었다.

"자, 그만 가요. 서둘러 도착해야 그나마 잠잘 곳을 마련할 수 있을 거예요."

유왕 서리가 두 사람을 재촉했다.

"그러자고. 이제부턴 내가 앞장서지. 길이 험하니 모두 조심해서들 따라와."

자왕 사송이 훌쩍 몸을 날려 절벽 뒤편으로 난 위태로운 길을 따라 걸으며 말했다.

"그런데 오라버니는 언제 오죠?"

문득 걸음을 옮기려다 말고 공예가 불사 나왕에게 물었다.

"글쎄… 출발은 닷새 전이라고 했으니 오늘내일은 도착할 거다."

"헤헤, 보고 싶다. 대체 얼마 만이야?"

공예가 적월에 대한 그리움을 숨김없이 드러내며 걸음을 옮기기 시작했다.

그런 공예를 바라보는 오초아의 얼굴에 쓸쓸함이 번져가는 것을 다른 사람들을 보지 못했다.

툭!

우두둑!

사방을 감시하는 망루로 쓰였을 법한 정자의 바닥을 밟는 순간 삭은 나무판자가 부수어지면서 그 잔재들이 십여 장 아래로 떨어졌다.

그러자 보기만 해도 공포가 느껴지는 가파른 산비탈이 구멍 난 정자 바닥을 통해 내려다보였다.

"여기도 손볼 곳이 많군. 그래도 이곳을 지키면 외부의 침입을 쉽게 알아챌 수 있고, 활과 화살을 준비해 놓으면 일당백의 방어처로 쓸 수도 있겠어."

적월이 구멍 난 곳을 피해 조심스레 정자 위를 돌며 중얼거렸다.

십이천문 사람들의 예상과 달리 적월은 이미 천화산에 도착해 있었다.

천화산에 도착한 적월은 여망이 말한 비룡벽 너머의 옛 금림창고를 살펴본 후 다시 망루가 서 있는 비룡벽 정상 부근으로 올라왔다.

비룡벽 너머의 숲은 여망이 말한 대로 십이천문의 비밀스러운 거처로 사용하기에 안성맞춤이었다.

이곳이라면 사람의 이목을 피할 수 있을 수 있을뿐더러, 설혹 누군가의 공격이 있더라도 충분히 방어하거나 몸을 피할 시간을 벌 수 있을 것 같았다.

"그가 죽었으니 형님 말고는 아는 사람도 없고……."

이 장소를 정확히 알고 있는 두 사람 중 한 명인 금림의 전대 림주 맹자치는 죽었고, 여망은 십이천문 사람이니 이곳이 세상이 알려질 일도 없었다.

다만 앞으로 출입을 조심하면 그뿐이었다.

"좋은 곳이야. 후우… 봄이 오나? 강바람도 이젠 차갑지 않네. 매화촌에도 봄이 왔을까?"

적월이 문득 자신이 자란 매화촌을 떠올렸다. 그러자 양부모와 동생들의 안부가 궁금해졌다.

그들을 본 지가 이미 여러 해, 어쩌면 자신이 영영 돌아오지 않을 거라고 생각할지도 모른다.

당장에라도 달려가 양부모와 동생들을 만나고 싶지만 지금은 그럴 수 없었다.

할 일이 있기도 했지만 혹시라도 자신과 매화촌 가족들의 관계가 세상에 알려지면 그의 적들이 그들을 빌미로 자신을 협박할 수도 있었다.

"나중에… 모든 일이 정리되면."

그렇게 말하면서도 한편으로는 마음이 무거운 적월이다.

그때가 언제가 될지, 혹은 그런 날이 정말 올지 지금은 장담할 수 없었다. 절대삼천이라는 거대한 적이 천하를 덮고 있는 시기가 아닌가.

그러나 한숨도 잠시, 적월의 눈빛이 이내 생기를 찾았다.

"오시는구나."

적월의 눈이 절벽 사이, 길 없는 길을 따라 위태롭게 비룡벽을 오르는 일단의 사람들을 발견했다.

얼굴이 보이지 않았지만 단지 그 움직임만으로도 그들이 누군지 알 수 있었다.

한동안 보지 못했던 십이천문의 사람들이다.

반가움이 그의 몸을 가볍게 했다.

툭!

적월이 정자의 난간으로 날아올라 가볍게 발을 굴렀다.

그러자 그의 몸이 마치 새처럼 허공을 날아 십여 장 아래의 땅 위에 내려섰다.

비룡벽의 정상은 평탄하지 않았다.

비룡벽 정상 풍경은 작은 석봉들이 이어진 것처럼 날카로운 바위 봉우리들이 능선을 이루며 수백 장 이어진 모습이다.

그중 그나마 평탄해 보이는 지점을 따라 길이 이어졌고, 그 위에 적월이 모습을 나타냈다.

"사부님!"

적월의 목소리에 힘겹게 비룡벽을 오르던 일행이 모두 고개를 들었다.

"오라버니!"

가장 먼저 소리친 사람은 공예였다.

그러고는 지친 기색을 떨쳐내고 사람들을 지나쳐 위태로운 절벽 길을 달려 올라갔다.

"오라버니! 벌써 왔어요?"

공예가 안기듯 적월에게 매달리며 물었다.

"위험해. 조심해!"

적월이 공예의 팔을 잡으며 주의를 줬다.

"걱정 말아요. 설마 떨어져 죽겠어요? 그런데 언제 왔어요?"

공예가 적월을 잡은 손을 놓지 않고 물었다.

"응, 반나절쯤 전에."

"그렇게 빨리요? 그럼 그동안 뭐 했어요?"

"머물 곳을 좀 살펴봤지."

"괜찮아요?"

"후후, 가보면 깜짝 놀랄걸?"

"그렇게 좋아요?"

"아니, 할 일이 많다는 뜻이야."

"에이, 다 허물어졌구나?"

"기대해도 좋아."

적월이 공예를 보며 장난스러운 웃음을 지어 보였다.

그사이 십이천문의 사람들이 모두 비룡벽 위에 올라섰다.

"무사히 돌아왔구나."

다들 적월을 반겼지만 그래도 그중 가장 반가워하는 사람은 유왕 서리였다.

유왕 서리의 적월에 대한 애정은 각별했다. 공예가 비록 그녀의 제자이긴 하지만 적월은 그녀에게 공예와는 전혀 다른 의미였다.

혈월야로 멸망한 십이지방 형제들의 유일한 후예이기 때문이었다.

"고모님! 잘 계셨어요?"

"나야 잘 있었지."

"그래도 걱정했어요. 혹시 그들이 먼저 손을 쓸까 봐서요."

"흠, 그런 일은 없었다. 그리고… 그들 중에 그… 가 있다는데 아무리 양심이 없어도 설마 날 죽이려 하겠느냐?"

그라는 호칭이 어색한 듯 유왕 서리가 잠깐씩 말을 끊어가며 말했다.

신왕 학사검 종선을 두고 하는 말이다.

아무리 종선이 혈월야를 일으킨 절대삼천의 후계자 중 한 명이라 해도 그 자신이 유왕 서리나 자왕 사송에게 살수들을 보내지는 않을 거란 믿음이 여전히 남아 있는 듯했다.

"하긴 그래요."

적월이 순순히 유왕 서리의 말에 동의했다.

굳이 이 자리에서 신왕 학사검 종선을 비난하고 싶지는 않았다.

"어느 쪽이냐?"

나왕이 어서 거처가 있는 곳으로 가자는 듯 물었다.

"멀지 않아요. 절 따라오세요."

적월이 대답을 하고는 비룡벽 너머의 울창한 숲으로 걸음을 옮기기 시작했다.

"흠… 흠……."

"어휴……."

사람들마다 제각기 팔짱을 끼고 한숨을 내쉬었다.

도저히 사람이 머물 수 없는 건물들이 눈앞에 있었다.

모두 세 채의 건물이 있었는데, 그중 두 채는 지붕이 반쯤 허물어져 있었고, 그나마도 나머지 한 채는 완전히 무너져 있었다.

이런 곳에서 사람이 살 수는 없다.

그러나 무너진 건물에서 다른 면을 보고 있는 사람도 있었다.

"나쁘지 않네요."

모든 사람이 무너진 건물을 보며 낙담하고 있는데 유독 오초아만이 긍정적인 반응을 보였다.

"나쁘지 않다뇨? 언니, 이런 곳에서 어떻게 살아요?"

공예가 투덜거리며 말했다.

그러자 오초아가 침착하게 대답했다.

"애초에 이곳에 고루거각이 있을 거라 기대하고 온 것은 아니잖아. 무너진 건물들만 빼면 모든 조건이 좋아. 일단 식수가 가까이 있어."

오초아가 손을 들어 세 건물의 우측 편에서 솟아 나와 가파른 산비탈을 타고 강 쪽으로 흘러내려가는 작은 개울물을 가리켰다.

"뭐, 물을 길어오는 수고는 없겠네요."

공예가 고개를 끄떡였다.

"두 번째는 지형이 아늑해서 한겨울에도 큰 추위가 없을 곳이야. 물론 숲이 우거져서 땔감도 충분하고."

"그것도 그렇긴 하네요."

공예가 다시 동의했다.

"또 산나물이 많이 난다는 것도 좋아. 곡식만 있으면 다른 먹거리는 해결. 길이 뚫리면 산 아래로 내려가 낚시를 할 수도 있고……."

오초아가 봄을 기다렸다는 듯 사방에서 솟아나는 나물들을 가리키며 말했다.

"좋아요. 하지만 그래도 좋은 것은 아니죠. 어디서 자요?"

공예가 투덜댔다. 당장 오늘부터 노숙을 할 판이다.

"무인에게 노숙은 불평할 바가 못 된다."

투덜거리는 공예를 유왕 서리가 꾸중했다. 평소에도 사부로서 공예에게 엄격한 유왕 서리다.

서리가 나서자 공예가 더 이상 불평을 늘어놓지 않았다.

"살 집을 마련하는 것은 어렵지 않을 게다. 비록 무너지기는 했지만, 금림에서 만든 건물들이라 쓸 만한 자재가 많구나. 건물 세 개를 해체하면 집 하나 정도는 새로 지을 수 있을 게다. 당장은 그리하고 이후 조금씩 필요한 것들을 만들어가면 되겠지."

사송이 공예를 달래듯 말했다.

"가장 먼저 할 일은 비룡벽 정상의 정자를 손보는 일인 것 같아요. 그곳을 손봐놓으면 사방을 감시할 수 있어요."

"응, 그것도 그렇구나. 하지만 내일 하자. 오늘은 대충 자고."

사송이 오늘은 어떤 일도 하기 싫다는 듯 말했다.

그런데 나왕은 적월과 생각이 다른 모양이었다.

"그 정자는 없애도록 해라."

"없앤다고요? 왜요? 외부의 침임을 감시하기 안성맞춤이잖아요?"

적월이 되물었다.

"너무 높아. 초목이 우거지는 여름이면 모를까, 늦가을부터 겨울에는 오히려 이곳에 사람이 있다는 것을 알리는 물건이 될 거야. 우리에게는 자왕도 계시고, 유왕도 계시고, 또 초아도 있고 한데 굳이 외부의 적을 감시할 망루가 필요하겠느냐. 다만 비룡벽 정상 보이지 않는 곳에 은밀히 다가오는 적을 기습할 만한 장소를 마련해 놓으면 그뿐이다."

자왕과 유왕, 그리고 오초아는 타고난 재주로 멀리서 오는 적의 등장을 미리 알아챌 수 있는 사람들이다.

그런 사람이 셋이나 있는데 굳이 망루를 세워 외적의 침입을 감시할 필요가 없다는 것이 나왕의 생각이었다.

나왕의 말에 적월이 이내 고개를 끄떡였다.

"하긴 그래요. 숙부님과 고모님이 계시는데… 망루는 쓸모없겠네요."

"아무튼 요기나 하고 좀 잡시다."

다시 사송이 두 사람의 대화에 끼어들었다.

"반은 무너졌지만, 그래도 아직은 밤공기가 차니 안으로 들어가죠."

적월이 반쯤 무너진 건물을 보며 말했다.

"에이, 귀신 나올 것 같은데……."

공예가 다시 마땅찮은 표정으로 말했다.

"그래도 불이라도 피우려면 안으로 들어가야 해. 애써 이곳까지 왔는데 첫날부터 이곳에 사람이 있다는 것을 알리면 안 되지."

적월이 말했다.

무너진 건물이라도 벽이 있으니 불을 피우면 불빛이 새어나가지 않을 거란 뜻이다.

"알았어요. 어쩔 수 없죠. 들어가요."

공예는 적월의 말을 끝까지 반대하는 경우가 거의 없었다. 투덜거리면서도 항상 적월의 말에 따르는 공예다.

지금도 적월의 말이 끝나자마자 가장 먼저 무너진 건물로 걸어가는 그녀였다.

그날 십이천문의 문도들은 새로운 터전이 될 천화산 비룡벽 뒤에 위치한 허물어진 창고에서 밤을 보냈다.

성근 별이 듬성듬성 보이는 구멍 뚫린 지붕을 보며 하룻밤을 보낸 십이천문의 문도들은 그다음 날부터 바쁘게 새로운 터전을 만들어가기 시작했다.

그리고 그즈음 강호무림은 점점 더 거친 혼란의 시기로 빠져들고 있었다.

곳곳에서 사마의 무리가 준동했고, 위기를 느낀 무림맹은 급히 맹의 대회합을 전 맹도들에게 알렸다.

천하가 이십 년을 격하고 또다시 정사대전의 전운으로 물들어가고 있었다.

『십이천문』 10권에 계속…